AF495765

VANDEROUANA
76, IMPRIMEUR-ÉDITEUR PARIS

La Chevalière Flamberge

Par Guy Vanderquand

PARIS

E. BERNARD, IMPRIMEUR-ÉDITEUR

29, Quai des Grands-Augustins, 29

Droits de Traduction et de Reproduction réservés

La Chevalière Flamberge

I

UN DÉBUT A LA COUR DE LOUIS XV

Ce soir-là, 17 décembre 1760, l'hôtel de la duchesse de Lauraguais, situé rue Neuve-Saint-Honoré, flamboyait de mille feux : la fête à l'intérieur, battait son plein, et jeunes seigneurs et nobles dames, mis en belle humeur par un joyeux festin, s'en donnaient à cœur joie dans les salons éblouissants de lumière où Luigi, le maëstro en vogue, conduisait le menuet et la pavane.

Dans un petit salon tendu de mauve, sorte d'antichambre au grand salon central où s'écrasait la cohue des invités, un groupe s'était formé, et, autour d'une table de lansquenet, le nouveau jeu depuis peu à la mode, une demi-douzaine de jeunes personnes se reposaient de la danse en faisant danser les louis. Il y avait là la maîtresse de la maison elle-même, la duchesse de Lauraguais, la comtesse de Rochefort,

une jeune et intéressante veuve qui trainait ordinai-
rement à sa suite toute une volée de gentilshommes
aussi oisifs qu'inutiles, le comte Du Barry et de
Sainte-Foix, le marquis de Dampierre et le colonel
de Bezenval.

Il y avait également à l'extrémité de la table, aux
côtés de la comtesse de Rochefort, dont il semblait
être le benjamin, à en juger par la sollicitude et les
tendres regards qu'elle avait pour lui de temps en
temps, il y avait un tout jeune homme de vingt ans à
peine, timide comme une jeune fille, mais beau
comme un jeune dieu.

Le chevalier d'Eon de Beaumont, tel était le nom
du jouvenceau, était tout frais émoulu de sa province
et la comtesse de Rochefort qui le chaperonnait à
Paris, attendait l'occasion de le présenter à la Cour,
occasion qui devait lui être offerte au prochain bal
masqué, le premier de la saison, que Mme de Pompadour allait donner à Versailles.

La physionomie de ce jeune gentilhomme — qui
devait plus tard jouer un grand rôle dans les desti-
nées de son pays — était en effet des plus curieuses et
des plus étranges. Tout d'abord, ce qui frappait et
retenait le regard, c'était l'expression de beauté pure
et toute féminine qui se dégageait de sa personne ;
de longs et beaux cheveux blonds encadraient un
visage au galbe parfait, qui rougissait sous l'influence
de la moindre impression, tandis que les paupières
aux cils soyeux s'abaissaient sur de grands yeux
bleus, tendres et diaphanes ; il était d'une taille peu

élevée, mais sous des apparences graciles et fines, se devinait une constitution robuste et nerveuse ; son bras était d'une extrême délicatesse, ses doigts effilés et potelés, mais quand les muscles de ses bras se crispaient, l'étreinte de sa main était si puissante, qu'on eut cru que des tenailles de fer étaient cachées sous cet épiderme blanc et rosé.

Son corps, au-dessous des hanches, eut pu tenir dans ses deux mains ; il chaussait un soulier de femme, il n'avait point de barbe ; à peine un léger duvet courait-il ça et là sur les joues et les couvrait-il de petites soies pubescentes, douces comme le velours d'une pêche.

Le prochain bal de Trianon, attendu avec une impatience fébrile par tout ce monde frivole et fastueux qui papillonnait alors à Versailles, faisait en ce moment les frais de la conversation, autour de la table de lansquenet. La plus grave question était celle des déguisements ; c'était sur ce chapitre, en effet, qu'il fallait faire preuve de goût et d'originalité et tâcher d'éclipser le voisin par la richesse et le luxe du costume ; en de pareilles occurences il s'établissait entre tous ces gentilshommes dont les plaisirs et la fête constituaient à peu près toute l'existence, une sorte de surenchère extravagante et folle ; on cite tel travesti qui coûta à son propriétaire la somme de 20,000 livres. Louis XV tout le premier, encourageait ces fantaisies ruineuses.

— Et lui, comment le déguiserons-nous, dit tout à coup la duchesse de Lauraguais en s'adressant à la comtesse de Rochefort et en montrant d'Eon.

— En femme, parbleu ! s'écrièrent les assistants d'un commun accord.

Le jeune chevalier, selon son habitude, crut devoir rougir.

— Il paraît que M. d'Eon est fort bien sous ce costume, déclara la comtesse de Rochefort.

— Nous n'en doutons pas, répartit M. de Bezenval et je suis certain, madame, qu'un de vos costumes lui irait à ravir. Voilà, ma foi, une excellente idée.

Le chevalier émit tout d'abord quelques objections, mais sur un regard de Mme de Rochefort qui en la circonstance, s'offrit de lui servir de cameriste, il s'empressa d'acquiescer, d'autant plus qu'il attendait depuis longtemps et impatiemment l'instant où il lui serait enfin donné de pénétrer dans ce Jardin des Mille et une Nuits qui s'appelait la cour du roi Louis XV.

Le jour, ou plutôt le soir tant attendu arriva enfin. D'Eon était demeuré toute l'après-midi chez Mme de Rochefort, la belle comtesse qui seule eut été capable de lui faire tout oublier, et le bal et la Cour. Et quand, après dîner, il sortit à son bras, dans les atours de marquise, le visage poudré et la mouche assassine au coin de l'œil, nul n'eut pu dire laquelle des deux femmes — la comtesse ou la marquise — était la plus jolie...

Il fut un peu étourdi lorsqu'il pénétra pour la première fois dans l'immense salle des gardes du palais de Versailles, rutilante de lumières et toute pleine du brouhaha confus d'une foule joyeuse; de très grandes et même de très petites dames, dont le visage pour la plupart se dissimulait sous le loup protecteur passaient aux bras de gentilshommes poudrés et costumés avec une richesse inouïe. Louis XV en personne, tenant la Pompadour par la main, venait d'ouvrir le bal et de donner le signal des folies dans ce palais de Versailles qu'il avait transformé en temple du Plaisir; pendant ce temps, comme toujours, hélas! Marie Leczinska, la pauvre reine délaissée priait, lisait ou méditait sur la vanité des grandeurs humaines dans ses appartements que son royal époux avait délaissés depuis longtemps.

Les convives de la soirée précédente à l'hôtel Lauraguais, qui attendaient la comtesse de Rochefort et son ami leur firent, dès qu'ils les aperçurent, une réception enthousiaste et bruyante qui eut l'avantage de signaler leur présence et de faire rougir une fois de plus la pseudo-marquise.

Cette dernière, du reste, avait fait sensation dès son entrée dans la salle de bal et elle avait déjà obtenu un véritable succès... de beauté. Louis XV qui se trouvait justement sur son passage la remarqua et, s'arrêtant, il posa un instant sur elle un regard connaisseur.

— Diable! murmura-t-il, la belle fille!...

— La duchesse de Lauraguais, qui avait entendu, se détourna pour cacher une envie de rire qu'elle ne pouvait réprimer. Mais ce fut bien pis lorsque le roi se rapprochant du groupe, manifesta à haute voix son admiration pour la nouvelle venue et demanda qui elle était.

— La fille d'un modeste hobereau de province, répondit sans sourciller le colonel de Bezenval ; elle désirait depuis bien longtemps voir de près Votre Majesté et être admise à la Cour. Madame — et il désignait la comtesse de Rochefort qui s'éloignait au bras de d'Eon — a bien voulu se charger de réaliser ce souhait.

— Et elle a fort bien fait, fit Louis XV en souriant.

De Sainte-Croix, du Barry et les autres, étonnés, s'entreregardaient, ne comprenant pas.

— Il faudra me la présenter, duchesse, continua le roi en s'adressant à Mme de Lauraguais.

Puis il s'éloigna.

— Ah ! ça ! s'écria le marquis de Dampierre lorsque le roi fut parti, qu'est-ce que cela veut dire ? perdez-vous la tête, colonel ?

— Non point, marquis, non point ! mais je crois que j'en ai trouvé une bien bonne. Ecoutez-moi bien ; nous allons faire jouer au petit d'Eon son rôle jusqu'au bout. Pour que le roi ait ainsi manifesté ouvertement son admiration pour la jeune marquise, il faut qu'elle ait produit sur lui une bien vive impression ; de plus, vous l'avez entendu, il veut qu'on *la* lui présente. Vous savez ce que cela veut dire... et, Louis n'aime pas à attendre. Eh bien, on va *la* lui présenter.

Sainte-Croix, la duchesse de Lauraguais et du Barry s'esclaffèrent.

— Elle est en effet bien bonne ! s'écrièrent-ils en chœur.

Tel ne fut pas l'avis du marquis de Dampierre.

— Prenez garde ! dit-il ; vous allez, comme on dit, vous payer la tête du roi dans les grands prix et voilà une mystification qui pourrait vous coûter cher.

— Allons donc ! Louis est bien trop spirituel pour la prendre en mauvaise part. Et puis, s'il en avait l'intention, Mme de Pompadour le ramènerait à de meilleurs sentiments — par reconnaissance...

— Comment cela ?

Tout naturellement, au moyen d'une autre petite combinaison de mon invention. Mais celle-là, je ne puis la divulguer, Mme de Rochefort ne s'y prêterait pas.

On chercha, sans y parvenir, à découvrir la nouvelle fumisterie probable de ce farceur de Bezenval ; au surplus, la première fut trouvée des plus drôles et tous, de Dampierre lui-même, entrèrent dans le complot. Du Barry, muni des instructions de Bezenval, fut chargé des négociations auprès du roi, avec lequel il était en excellents termes ; il avait déjà eu plusieurs fois l'occasion de lui rendre quelques petits services de cet ordre...

Tandis qu'il était dépêché en ambassadeur auprès de Louis XV, Bezenval et les autres se mirent à la recherche de d'Eon qu'ils trouvèrent en train de danser le plus honorablement du monde une pavane du meilleur goût ; il avait même abandonné pour un instant son mentor, la comtesse de Rochefort, et il ne se trouvait nullement gêné par son absence.

— Allons ! le petit va bien, fit le colonel.

Et s'approchant de lui :

— D'Eon, un mot, lui dit-il tout bas.

Puis, l'entraînant hors du groupe des danseurs dans l'embrasure d'une fenêtre.

— Eh bien ! mon bon, tous mes compliments, je savais que depuis le peu de temps que vous êtes ici vous aviez fait tourner pas mal de têtes — au propre et au figuré — mais il en est une sur laquelle je n'osais pas compter pour vous...

— Oh ! fit le chevalier, voilà qui m'est bien égal, par exemple.

Et, d'un ton mélodramatique, avec un soupir et un geste à la Cyrano, son glorieux ancêtre.

— Un jupon a passé dans ma vie, à moi aussi, et mon cœur est à jamais fixé sur l'amour dont on ne revient pas...

Cette phrase provoqua un éclat de rire chez Bezenval.

— Allons donc ! c'est vous qui dites cela, vous dont les sérénades ont fait rêver tant de belles filles de notre vieille Bourgogne ? Vous plaisantez... en amour, voyez-vous, c'est comme à la salle d'armes, une botte de plus ou de moins, est-ce que ça compte ?

— Chut ! colonel, vous blasphémez.

— Mais non, mais non, on vous connait, beau

masque, et je suis sûr que si l'objet de ce grand amour connaissait vos théories, elle les trouverait trop rigoureuses et elle ne considérerait pas cet amour comme atteint si vous lui donniez par hasard un léger coup de canif, dont il ne souffrirait même pas.

— Non, colonel, reprit d'Eon d'un air empreint d'un ennui comique, je veux maintenant redevenir sage et fidèle, fidèle à celle qui abrita ma tendre enfance sous son aile tutélaire...

— Et votre adolescence sous ses jupons, acheva le colonel de Royal-Bourgogne qui ne dédaignait pas l'image énergique. C'est une prison qui ne doit pas être désagréable, mais celle dont les portes vous seront ouvertes cette nuit, si vous le voulez, ne doit pas l'être non plus et si je vous disais qui...

— Bah ! fit le chevalier qui commençait à être intéressé, vous devez vous tromper ; qui voulez-vous qui ait pu recevoir ainsi le coup de foudre pour un pauvre scribe, rimailleur et escrimeur à ses moments perdus, tel que moi ?

— Qui ? une grande dame.

— Une grande dame ?

— Une grandissime dame.

— Ah ! et vous ne raillez pas, colonel, continua d'Eon, qui ne put s'empêcher, cette fois, de montrer le visible intérêt qu'il prenait à la conversation.

— Pas du tout.

Et, s'approchant du chevalier, il lui murmura rapidement à l'oreille, tout bas.

— Mme de Pompadour vous attendra cette nuit, à minuit dans sa chambre, à droite, à l'extrémité de la galerie de Neptune ; libre à vous de l'y prévenir... la porte sera entr'ouverte.

D'Eon eut un brusque haut le corps.

— Hein ! s'écria-t-il, ai-je bien entendu ou bien devenez-vous fou, colonel ; Mme de...

— Chut ! interrompit précipitamment M. de Bezenval en mettant un doigt sur ses lèvres. A droite, à l'extrémité de la galerie de Neptune...

Et il disparut, laissant son interlocuteur sous le coup de l'ahurissement produit par son invraisemblable révélation.

M. de Bezenval connaissait son homme. Les protestations véhémentes de tout à l'heure le laissaient plutôt sceptique et il savait en outre à quoi s'en tenir sur cette apparente timidité qui cachait un tempérament de mousquetaire ; c'est pourquoi il ne voyait pas bien le chevalier se dérobant à une bonne fortune. Aussi extraordinaire que celle-là puisse paraître, par cela même, elle devait lui plaire.

M. de Bezenval ne se trompait pas.

Les deux heures qui séparaient le chevalier de ce rendez-vous lui semblèrent d'une longueur mortelle, pas un instant, il ne supposa que le colonel ait pu le mystifier, l'hésitation bien naturelle qui s'était emparée de lui au début s'était vite dissipée et avait fait place à la résolution ferme de poursuivre jusqu'au bout cette mirifique aventure.

Perdu dans la foule des danseurs, il réussit à éviter Mme de Rochefort qui le cherchait partout et, à l'heure indiquée, il s'engageait résolument dans la galerie de Neptune. Elle était déserte. Seule, la lumière de quelques bougies aux lueurs vacillantes parsemait de taches claires l'obscurité du long corridor.

A l'extrémité, une lueur filtrait par une porte entr'-ouverte ; d'après les indications de Bezenval, ce devait être l'appartement en question, le sanctuaire sur le seuil duquel il s'arrêtait maintenant, hésitant, pris d'une vague crainte. Il mesurait l'énorme distance qui le séparait, lui, le pauvre chevalier errant, de la personne presque royale avec laquelle il allait se trouver en tête-à-tête. Et quel tête-à-tête !...

Puis, comme prenant une décision subite :

— Ma foi, fit-il, après tout allons y carrément.

Et poussant la porte de la chambre, il entra.

La pièce était spacieuse et meublée avec un goût auquel avait dû présider le luxe allié à la volupté. Deux candélabres, placés à chaque extrémité d'une cheminée de marbre rose où flambait un feu gaillard, répandaient une lueur douce, tamisée par les tulipes de soie qui entouraient les bougies. Aux murs tendus de velours quelques toiles licencieuses de Fragonard : au milieu, un lit, très bas, aux tentures de soie cerise brochée d'or et dans un des angles une ottomane « profonde comme un tombeau ». Sur un guéridon une cassolette de myrrhe achevait de se consumer en exhalant son âme de parfum.

— ouf ! fit d'Eon en se laissant tomber sur un siège

— car il commençait à être fatigué — voilà qui n'a
que de lointains rapports avec ma modeste chambre
de la maison paternelle, à Tonnerre. Ma fois, on est
fort bien ici.

Son esprit primesautier, insouciant et joyeux, avait
déjà complètement oublié ses appréhensions de tout
à l'heure ; les impressions, chez lui, étaient fugitives
et légères et ses étonnements ne duraient pas ; sa
philosophie souriante ne s'offusquait point des heurts
et des changements à vue qui pouvaient se produire
dans son existence et son tempérament romanesque
faisait qu'il n'était pas loin de trouver naturelle l'extraordinaire aventure qui lui arrivait. Approchant un
fauteuil près du feu il s'y allongea le mieux commodément du monde, oubliant tout à fait la retenue que
lui imposait son costume féminin.

— Ma foi, fit-il, tout ragaillardi par la chaleur du
foyer et envahi par un inexprimable bien-être produit par l'atmosphère douce et parfumée de la pièce,
cet animal de Bezenval a eu une riche idée et il sera
digne d'être béatifié si vraiment la favorite daigne
venir s'entretenir un instant, avec moi, dans cette
retraite enchanteresse ; mais j'ai bien peur...

Tout à coup, il s'interrompit et prêta l'oreille ; le
froufroutement d'une robe chanta dans la galerie et
un pas léger glissa sur le parquet ; presque au même
instant la porte s'ouvrit et une femme apparut dans
un envolement de dentelles et de soie.

D'Eon s'était levé.

— C'est elle, murmura-t-il, violemment ému.

— Oui, c'est moi, fit la nouvelle venue en ôtant vivement le loup qui lui cachait le visage, un visage merveilleusement beau illuminé par deux grands yeux noirs profonds comme des lacs et grands comme l'océan aux jours de tempête, et ce n'est certainement pas moi que vous attendiez, n'est-ce pas, Madame ?

— Madame ? répéta d'Eon, interloqué.

— Ah ! ne perdez pas votre temps, continua Mme de Pompadour — car c'était elle — d'une voix tremblante de colère ; Il y a à peine deux heures que vous êtes ici et vos talents de séductrice, dédaignant le menu fretin se sont adressés directement au roi lui-même, ni plus ni moins, et il s'y est laissé prendre paraît-il. Tous mes compliments, Madame ; heureusement, ma police est bien faite et j'ai été prévenue de l'intrigue à temps.

— Mais Madame, fit d'Eon, complètement ahuri, qu'est-ce que voulez dire... je ne comprends plus...

Mme de Pompadour eut un rire sarcastique : le naturel, en cette circonstance reprenait le dessus et elle redevint pour un temps ce qu'elle était toujours, au fond, c'est-à-dire la fille de la femme Poisson.

— C'est cela, interrompit-elle violemment, en se croisant les bras, niez, essayez de me donner le change, il ne vous manquait plus que cela ; mais pour qui me prenez-vous donc ? Et c'est ma chambre que vous avez eu l'audace de choisir pour théâtre de vos exploits de ribaude ; vous n'avez pas honte ?...

Et sa colère laissa échapper une insulte grossière.

D'Eon n'y fut pas insensible mais elle n'atténua

en rien — au contraire — la profonde admiration qu'il
éprouvait en ce moment pour la favorite; c'est
qu'elle était, en effet, superbe dans sa dignité de
femme outragée, le visage empourpré de colère et
dardant sur sa pseudo-rivale un regard haineux et
hautain.

— Mais s'il en est ainsi, finit par articuler d'Eon,
affolé, il y a méprise et on nous a trompés tous deux,
je vous jure...

— Vous n'êtes pas ici en rendez-vous, n'est-ce
pas? interrompit de nouveau la favorite.

— Mais parfaitement si, répondit le chevalier qui
n'aimait pas beaucoup les énigmes et qui commençait
à s'impatienter.

— Ah ! tout de même... et vous ne nierez pas non
plus que ce ne soit avec le Roi.

— Avec le roi?... jamais de la vie ! pour qui me
prenez-vous ?

— Comment !... mais avec qui, alors ?

— Avec vous, parbleu !

— Hein ?... avec moi ?

— Parfaitement. Et voici qu'elle est ma devise, en
escrime comme en amour : « Dans la ligne basse,
coupez, dégagez, coup droit » et je la mets à exécution...

Ce disant, il fit un pas vers la favorite et la prenant
dans ses bras avec une vigueur qui n'avait rien de
féminin, il l'entraîna vers l'ottomane.

— Mais... qu'est-ce que cela signifie ! s'écria enfin
Mme de Pompadour, que la stupéfaction avait un

instant rendu muette, Madame... êtes-vous folle ? Je
vais appeler... Grand Dieu !... Ah ! c'est un homme !
Monsieur, vous n'y pensez pas, dans la chambre
du...

Mais d'Eon n'écoutait rien ; il avait senti frémir dans
ses bras ce beau corps qu'il couvrait de baisers et
tous les rois de la terre fussent-ils entrés en ce moment, n'auraient pu empêcher l'accomplissement du
sacrilège.

Au reste, dans cette chambre, il y avait une ottomane, et l'histoire nous apprend que lorsqu'en de
telles circonstances, il y avait une ottomane, la résistance paraissait impossible à Mme de Pompadour.

. . . .

— Vous ne me connaissiez pas, monsieur, murmura-t-elle lorsqu'elle recouvra sa raison ; je vous
pardonnerai peut-être ma minute de folie... mais
vous, oubliez-là complètement, il y va de votre vie...

Et, replaçant son loup sur son visage, elle disparut
souple et gracieuse, non sans avoir mis sur le front du
chevalier un dernier baiser, plus doux et plus léger
que les rêves qu'il faisait jadis en rimant au clair de
lune sur les bords de l'Armançon.

D'Eon, resté seul, s'avisa de réfléchir, et le résultat de ces réflexions tardives fut qu'il demeura très
inquiet sur la suite possible de l'intrigue que
Mme de Pompadour lui avait promis d'oublier...
peut-être.

— Sapristi, murmura-t-il, avec une ingénuité char-

mante, je crois tout de même que je suis allé un peu
loin.!

Puis les premières paroles de Mme de Pompadour,
relatives au roi, lui revinrent à la mémoire et il dé-
couvrit le mot de l'énigme.

— C'est cette canaille de Bezenval qui a monté ce
coup énorme, fit-il, il me le paiera.

D'Eon ne se trompait pas.

Voici en effet, ce qui s'était passé. Du Barry, muni
des instructions de Bezenval, s'en était allé à la rencontre de Louis XV auquel il tint à peu près ce langage :

— Sire, vous plairait-il de vous trouver quelques
instants en tête-à-tête avec la jolie marquise qui s'en-
tretenait avec nous tout à l'heure ?

— Parbleu ! Et je vous revaudrai cela, mon cher
Du Barry.

— Eh bien, dans une heure, elle attendra votre Majesté dans la chambre de la galerie de Neptune.

— Comment !... mais c'est la chambre de...

— Parfaitement, interrompit Du Barry, c'est la
plus proche et celle qui convient le mieux pour que
votre entrée n'éveille aucun soupçon, si elle est remarquée.

— Ce brave Du Barry, il pense à tout, reprit
Louis XV en riant, c'est bien, faites que tout soit
pour le mieux.

— Soyez tranquille, dans une heure...

Dès qu'il connut le résultat de cet entretien, Bezenval à son tour, s'en fut dare dare trouver Mme de Pompadour.

— Marquise, lui murmura-t-il à l'oreille en passant auprès d'elle, vous avez une rivale ; si vous voulez la connaître, entrez tout à l'heure dans votre chambre où elle attend le roi qui doit venir l'y rejoindre à une heure...

Et il disparut avant que Mme de Pompadour, stupéfaite, ait eu le temps de lui demander d'autres explications.

Mais le coup était porté.

Quant à d'Éon il était déjà commodément installé devant le feu, attendant que son illustre conquête veuille bien faire son apparition. On sait le reste.

Maintenant, coûte que coûte, il ne voulait pas être l'instrument, même inconscient d'une fumisterie royale ; cela fut devenu très grave. La situation était déjà suffisamment compliquée. Il fallait fuir, fuir au plus vite...

Il n'en eut pas le temps ; Louis XV arrivait et faisait irruption dans la chambre avec un empressement qui n'augurait rien de bon pour le malheureux chevalier.

Il ne restait plus qu'un parti à prendre c'était de dire la vérité au roi et de le détromper immédiatement.

— Sire, s'écria-t-il, on vous a trompé et je suis victime d'un stratagème.

— Comment, on m'a trompé ? Vous ne m'attendiez pas ? Alors que faisiez-vous dans cette chambre ?

D'Éon n'avait pas prévu cette question, toute naturelle et à laquelle il ne pouvait répondre.

Mais le roi ne le laissa pas longtemps dans cette

redoutable alternative. Il n'avait pas cru un mot de l'affirmation de d'Eon et il l'avait mise sur le compte d'une crainte bien naturelle chez une jolie fille qui se trouve seule en tête-à- tête avec son roi, dans sa chambre.

D'Eon avait fait un pas en arrière et il se trouvait adossé à l'ottomane dont il avait si heureusement profité tout à l'heure. Aussi hardi et plus expérimenté que lui, Louis XV saisit l'opportunité d'un coup d'œil et ne voulant pas laisser à sa conquête le temps de s'alarmer par une fausse honte qui eut tout gâté, il s'approcha de la jeune marquise et passant un bras autour de sa taille, il la plaça dans la position où elle avait placé quelques instants auparavant la fraîche marquise de Pompadour.

Renversé à l'improviste, d'Eon jeta un cri et tenta de se relever pour éclairer d'un mot le monarque égaré, mais il était trop tard... ce mot, Louis XV l'avait trouvé, et comme ce n'était pas celui qu'il cherchait, ses augustes bras en demeurèrent pendants de stupéfaction, sa bouche béante d'hébêtement...

Il ne tarda pas d'ailleurs à se reprendre, et comprenant qu'il avait été joué, il résolut de se tirer le plus intelligemment possible de ce mauvais pas.

— Mon ami, dit-il à d'Eon, vous êtes aussi intelligent que bon garçon, aussi discret que jolie fille...

— Que Votre Majesté veuille mettre mon zèle et mon dévouement à l'essai, lui répondit d'Eon et je lui promets de ne pas succomber sous l'épreuve.

— Eh bien, soit ; gardez donc un silence absolu sur

tout ce qui s'est passé ici. Tenez-vous prêt à exécuter mes ordres ; bientôt vous aurez de mes nouvelles.

Puis il se retira.

Resté de nouveau seul, d'Eon demeura un instant rêveur.

— Ma foi, dit-il, en allant retrouver cette pauvre comtesse de Rochefort qui se morfondait à l'attendre, pour un début à la Cour ce n'est pas trop mal et il serait en vérité fort curieux qu'après avoir obtenu les faveurs de celle qui est plus que reine, j'y pêchasse également une position sociale... ou une cellule à la Bastille.

II

L'AMBASSADRICE.

Trois coups discrètement frappés à la porte de la modeste chambre occupée par le chevalier d'Eon, rue de l'Arbre-Sec interrompirent la chanson que le jeune homme, ce matin-là — un clair et froid matin de décembre — modulait en lorgnant de sa fenêtre une autre fenêtre lui faisant vis-à-vis, et derrière laquelle se profilait présentement une gracieuse silhouette de lingère.

D'Eon alla ouvrir.

— Enfin, comtesse, s'écria-t-il joyeux ; je vous retrouve donc !

— N'en sachez gré qu'à mon indigne faiblesse, cruel, fit la comtesse de Rochefort ; j'avais pourtant juré de ne plus jamais vous revoir.

D'Eon s'avisa alors de remarquer l'expression de grande tristesse répandue sur les traits de son amie.

— Qu'entends-je ? ne jamais me revoir... mais, pour Dieu ! qu'avez-vous ? Qu'y a t-il ? En quoi vous ai-je fâchée ?

— En quoi ? il le demande... oh ! le méchant... avez-vous donc déjà oublié la nuit du 14 décembre...

Mais la pauvre comtesse ne put en dire davantage ; elle cacha sa jolie tête entre ses mains et fondit en larmes.

L'aventure dont parlait Mme de Rochefort n'avait en rien diminué les tendres sentiments que d'Eon nourrissait pour celle qui, non seulement, avait guidé ses premiers pas dans la vie, mais qui l'avait encore initié aux doux jeux de l'amour...; de plus, il ne pouvait voir pleurer une femme sans souffrir et sans que son cœur ne s'emplit d'une très grande pitié.

A cela vint encore se joindre un grand étonnement. Nul doute, Mme de Rochefort faisait allusion à son aventure avec Mme de Pompadour. Mais comment et par qui avait-elle su?...

Il s'approcha de son amie et l'attirant doucement à lui, il s'assit et la fit asseoir sur ses genoux; les larmes de Mme de Rochefort ne se tarirent pas pour cela, seulement, au lieu de glisser entre ses doigts fuselés, elles coulèrent sur l'épaule du chevalier.

Le misérable ne connaissait que trop les mots qui

calment les chagrins d'amour et il en connaissait
aussi le remède tout puissant ; Mme de Rochefort ne
put se soustraire à son irrésistible influence.

Il lui avait écarté les mains de son visage et, un
bras passé autour de sa taille, l'autre autour de son
cou, intervertissant les rôles maintenant, il la berçait tendrement contre lui, ainsi qu'elle faisait, elle,
jadis, quand elle lui chantait la tant belle et douce
chanson d'amour qu'il avait si bien apprise...

Et les vilaines larmes ne brillèrent plus dans les
yeux qui n'étaient pas faits pour pleurer ; un sourire
— rayon de soleil après une nuit d'orage — illumina
le fin et délicat visage que Watteau eut pris comme
modèle, et les lèvres, après avoir eu l'imprudence de
laisser échapper, entrecoupés de soupirs, les mots
de passion, ne purent prononcer que les mots qui
pardonnent...

Et d'Eon, comme l'enfant qui répond à la gronde-
rie de sa maman, lui promit de ne plus recommencer
et lui assura de l'aimer toujours.

Ils étaient sincères tous deux. A cette époque d'insouciance et de frivolité qui caractérise si bien le
règne de Louis XV, les sentiments eux-mêmes — et
le plus impérieux de tous, l'amour — conservaient
ce je ne sais quoi de gracile et de ténu qui ignore
les gestes grandiloquents et tragiques et qui en rendait la démonstration si aisée et si simple sans fausse
honte et sans fausse pudeur, ainsi que le désire,
sans doute, bonne dame Nature. Et cette légèreté —
cette inconscience diront les moralistes graves —

dans un acte que nous persistons à magnifier outre mesure, n'était peut-être en somme que l'expression d'une philosophie profonde et pleine de sagesse. La marquise de Pompadour qui, plus que tout autre, faisait de ces principes sa règle de conduite — d'inconduite, plutôt — n'avait trouvé rien de mieux que de raconter à ses intimes le dénouement qu'avait eu sa première rencontre avec le jeune chevalier et la comtesse de Rochefort l'avait appris l'une des premières.

Deux ou trois semaines s'étaient écoulées depuis cette aventure et Mme de Rochefort avait déjà eu l'occasion de pardonner plusieurs fois quand un matin d'Eon fut mandé chez le prince de Conti.

— Bonjour, mon cher d'Eon lui dit celui-ci en l'apercevant : ambassadeur, je vous salue !...

Et comme le chevalier demeurait interdit, ne comprenant pas la solennité d'un pareil accueil, le prince continua :

— Ah ! cela vous surprend ? rien de plus vrai, pourtant, vous êtes ambassadeur, mon cher ami, ambassadeur de Sa Majesté et le mien.

— Son Altesse veut rire...

— Nullement. Ceci est la vérité pure avec cachet, timbre et paraphe. C'est signé ; voyez plutôt, il n'y manque que votre adhésion, vous ne la refuserez pas, j'espère.

Et le prince de Conti présentait au chevalier le brevet dûment signé et authentiqué qui le nommait ambassadeur auprès de Sa Majesté moscovite.

Le chevalier depuis son arrivée à Paris avait subi d'étranges secousses et de plus en plus il lui semblait être le jouet de quelque rêve fantastique narré dans les contes des Mille et une Nuits.

Charles Geneviève d'Eon de Beaumont, né à Tonnerre le 5 octobre 1728 était l'ultime descendant d'une très vieille famille bourguignonne et le chevalier *en* faisait remonter l'origine à Eon de l'Etoile qui, s'étant proclamé « Fils de Dieu » et « juge des Vivants et des Morts » fut condamné comme hérétique par un concile tenu à Reims en 1148. Les armes étaient : « d'argent à pan de gueule, accompagnées de trois étoiles (molettes) d'azur à cinq pointes rangées en chef, et un coq à la pointe élevée au naturel en pointe. »

Mais si le chevalier était de haute lignée, sa bourse, hélas! n'en était pas plus garnie pour cela. Heureusement pour lui, notre héros montra, à l'âge où l'on ne songe encore qu'aux plaisirs, des dispositions véritablement extraordinaires, pour toutes les choses qui demandent également la promptitude du jugement et la sûreté d'action, deux qualités maîtresses qui devaient lui être d'un grand secours dans la vie.

Après avoir fait ses études au collège Mazarin et obtenu avec dispense d'âge, le diplôme de docteur en droit civil et canon, d'Eon se demanda vers quel but il devait diriger ses facultés. Il songea d'abord à l'état ecclésiastique ; mais sa vocation ne fut pas assez forte pour résister aux conseils d'un ami qui l'en dissuada en lui persuadant avec raison qu'en vrai bourguignon il aimait trop le grand air, le soleil, le bon vin et les jolies filles pour entreprendre une profession dont c'est le métier de condamner ces belles choses.

D'Eon fut de cet avis et, en attendant une vocation plus solide, le jeune docteur partagea son temps entre les belles lettres et l'escrime où il ne tarda pas à acquérir une véritable renommée. Sa réputation l'avait précédé à Paris dont il était devenu en peu de temps l'une des premières lames, ses talents de poète et Mme de Rochefort l'avaient en outre promptement signalé à l'attention de protecteurs puissants parmi lesquels il trouva justement le prince de Conti dont il eut l'occasion de retoucher — de refaire plutôt — avec succès, quelques sonnets et madrigaux.

Louis XV avait déjà inauguré ce système spécial qui consistait à placer près de ses ambassadeurs accrédités auprès des cours étrangères, des ambassadeurs occultes avec lesquels il correspondait directement et à l'insu de ses ministres. Louis XV en politique se méfiait autant de ses maîtresses que de ses ministres, mais comme il ne se sentait pas la force de leur résister, il prenait le parti de cacher aux uns et aux autres ses faits et gestes. Le directeur de ce système diplomatique était justement le prince de Conti et lorsqu'il vit d'Eon pour la première fois et qu'il connut les succès qu'il avait obtenus sous ses habits de femme une idée géniale avait germé dans son cerveau.

La cour d'Elisabeth de Russie était à cette époque une cour barbare où la civilisation orientale n'avait pas encore pénétré, et les ambassadeurs que Louis XV avait dépêchés auprès de cette reine puissante, gouvernée par ses favoris, non seulement n'avaient pu gagner ses faveurs, mais avaient même reçu pour la plupart un accueil qui n'était pas précisément fait pour encourager les diplomates ; l'un d'eux avait même été interné dans une forteresse, sans plus de façons. Il fallait donc recourir à un subterfuge. C'est alors que le prince de Conti avait fixé son choix sur d'Eon et en cela il n'avait pas pensé seulement à utiliser les qualités exceptionnelles de finesse de son jeune protégé, mais encore son aspect physique et la facilité avec laquelle, grâce à son déguisement féminin il pourrait plus facilement parvenir auprès de la Tsarine.

D'Eon était venu à Paris pauvre comme Job. Un mois à peine s'était écoulé depuis son arrivée qu'un beau matin il se réveillait ambassadeur — ambassadrice, plutôt — de Sa Majesté Louis le Bien-Aimé, qu'il avait au préalable royalement cocufié en la personne de sa maîtresse.

Mais d'Eon accepta ces événements avec la philosophie sereine et souriante qui formait le fond de son tempérament. Il était convaincu que la Destinée l'avait désigné pour l'accomplissement de grandes choses et la proposition du prince de Conti plut tout de suite à son esprit aventureux en même temps qu'elle lui ouvrait des horizons tout nouveaux. Il accepta et mit son dévouement et sa jupe au service du roi et de son pays.

III

LA CHEVALIÈRE FLAMBERGE

Mais il était écrit qu'un nouvel incident viendrait encore contrecarrer les projets du chevalier et que la Destinée qui semblait vouloir le diriger vers la carrière de la diplomatie le ferait bifurquer, au dernier moment, vers un tout autre métier.

La cabale de Pompadour, Choiseul, d'Aiguillon — le triumvirat, comme on l'appelait — n'attendit pas qu'on se soit assuré de l'alliance possible de la Russie, et dans son impatience et sa haine contre Frédéric II, elle compromit si bien la situation que la guerre avec la Prusse devint inévitable et qu'on n'en put retarder l'échéance. Lorsqu'il entreprit malgré lui la guerre de Sept-Ans, Louis XV non seulement ne connaissait pas les forces de ses ennemis, si ce n'est de réputation, mais il ignorait même le nombre de ses régiments et des unités qu'il pouvait mettre en ligne.

Le chevalier d'Eon, peu de temps avant son arrivée à Paris avait été nommé lieutenant dans le régiment des dragons d'Autichamp et il s'en souvint lorsque les premiers bruits de guerre lui parvinrent aux oreilles. Il eut alors la vague intuition que, par

goût et par tempérament, il était beaucoup plus fait
pour le métier des armes que pour la profession tor-
tueuse de diplomate et malgré la bizarrerie, l'imprévu et les aventures que pourrait lui procurer son
déguisement, il préférait malgré tout la tunique de
dragon à la robe à volants, le cliquetis du fer au
froufroutement de la soie. Il s'en fut donc supplier le
prince de Conti de renfermer pour quelque temps
dans son secrétaire le brevet royal, ce à quoi le prince
consentit d'autant plus facilement qu'il ne fallait
plus songer pour l'instant aux négociations avec la
Russie. C'était partie remise après la campagne, si
besoin était et si le sort des armes nous était défavo-
rable.

D'Eon n'avait pas encore fait connaissance avec son
régiment. Comme il avait prolongé un peu plus que
de raison ses adieux à Mme de Rochefort, il advint
que ledit régiment avait déjà franchi la frontière et
foulait du pas de ses chevaux les plaines de la Westphalie lorsque d'Eon songea à le rejoindre.

Son arrivée, là comme partout où il apparaissait
pour la première fois, fit une profonde sensation. Les
camarades l'examinèrent avec une curiosité mêlée
d'étonnement et beaucoup se refusèrent à croire que
ce beau lieutenant fût autre chose qu'une femme dé-
guisée en homme. Une nouvelle Jeanne d'Arc, affir-
mèrent quelques-uns, et nous savons combien le
séduisant d'Eon — par un côté du moins — justifiait
peu cette affirmation... Mais où le nouveau venu jeta
surtout le trouble ce fut dans le camp des femmes.

Ici quelques mots d'explication sont nécessaires.

Le règne de Louis XV., jusqu'en 1780 fut l'époque de la « guerre en dentelles » comme la révolution fut plus tard l'époque de la guerre en sabots. Toutes deux également quoique différemment glorieuses. Cette année là — 1761 — l'armée française offrait chaque matin un singulier spectacle. Devant les tentes en ligne on coiffait tous les officiers. Les coiffeurs, l'épée au côté, les tenaient sous le fer, frisaient, poudraient à blanc et c'était là une cérémonie essentielle à laquelle nul n'eut voulu se soustraire, Comment affronter, décoiffé, le feu de l'ennemi ? Défrisé on n'était plus homme. Nul besoin du service, nul danger n'aurait ajourné les apprêts de cette coquetterie raffinée. Ces officiers élégants qui marchaient au feu avec une superbe insouciance et qui auraient préféré mourir proprement sur une plaine ensoleillée que de rouler, blessés seulement, mais salis, dans la boue, étaient femmes de mœurs et d'habitudes. Aux salons, ils brodaient, découpaient des estampes ; plusieurs étaient très jeunes ; tel colonel avait seize ans. Leurs maîtresses, actrices, chanteuses ou danseuses les suivaient vaillamment dans leurs carrosses avec leur train, coiffeurs, cuisiniers et autres. L'officier, sa toilette faite, laissait le camp, allait au camp des femmes rire et causer. Le glorieux maréchal de Saxe n'en fit-il pas autant et n'avait-il pas sa Favart pour chanter avant la bataille.

Le chevalier d'Eon avait rejoint son régiment non

loin de Rosbach où quelques jours plus tard l'armée française sous les ordres de l'incapable Soubise, devait livrer la plus incohérente et la plus ridicule bataille que l'histoire ait enregistrée. Nous avons dit — et on le comprend sans peine — que l'apparition du chevalier avait produit une assez vive émotion dans le camp des femmes, dont les seigneurs et maîtres auraient peut-être pu rivaliser d'élégance avec lui, mais non de beauté. Aussi l'inévitable ne tarda-t-il point à se produire. Un soir que d'Eon s'attardait plus que de raison au milieu d'un groupe de jolies filles et qu'il se montrait particulièrement empressé auprès de l'une d'elles — la maîtresse d'un de ses collègues — ce dernier, le lieutenant de Saint-Preux s'approcha de lui et, lui posant la main sur l'épaule :

— D'Eon, dit-il, votre présence ici me déplaît et j'aimerais assez que vous me précédiez un peu lors de notre retour au camp.

D'Eon fronça les sourcils.

— Si ma présence vous déplaît, Saint-Preux, répliqua-t-il, moi c'est votre physionomie qui ne me plaît pas ce soir et, comme vous, j'aimerais assez vous contempler de dos quand nous rejoindrons le campement. Comment concilier ces deux désirs si différents ?

— Oh ! d'une façon bien simple, fit Saint-Preux en mettant la main sur la garde de son épée.

Les femmes jugèrent alors l'instant favorable pour émettre de petits cris d'effroi, aigus et perçants, assez semblables à ceux que poussent les corneilles en tournoyant, le soir, au sommet des clochers.

— Y pensez-vous, Saint-Preux ? fit d'Eon. Vous voulez donc faire tomber ces enfants en pâmoison ? Demain nous irons voir le lever du soleil, si vous voulez, là-bas, sur les bords de l'Insprutt : ce doit être un beau spectacle.

D'Eon, nous le savons, était depuis longtemps passé maître dans la noble science de l'épée ; mais c'était sa première affaire sérieuse et disons tout de suite qu'il s'y comporta absolument comme s'il eut donné une leçon dans sa salle d'armes de la rue de l'Arbre-Sec, ce qui ne laissa pas que d'étonner beaucoup son adversaire. Ce dernier ignorait à qui il avait affaire et il était convaincu que cet efféminé et mièvre lieutenant ne pourrait soutenir l'assaut plus de deux ou trois minutes. Il fallut déchanter et dès les premières passes il s'aperçut qu'il lui faudrait faire appel à toute son énergie et à toute sa science non plus pour attaquer, mais pour se défendre. Bientôt il fut évident, pour tous les officiers qui assistaient, fortement intéressés, à cette passe d'armes, que d'Eon jouait avec son adversaire.

Au bout d'un instant Saint-Preux, visiblement énervé et fatigué, rassembla son énergie et ce qui lui restait de forces dans une attaque suprême ; un instant il força même d'Eon à rompre ; mais ce ne fut qu'une lueur d'espoir ; d'Eon, avec beaucoup de sang-froid, détourna, par une parade de tierce, un coup droit que lui portait son adversaire et tendant

brusquement la pointe, son épée s'enfonça assez profondément dans l'épaule de Saint-Preux.

La parade et la riposte avaient été exécutées avec une rapidité foudroyante et avec une rare élégance. Il était évident que d'Eon avait touché là où il avait voulu, et quand il avait voulu. La blessure, quoique assez profonde, n'offrait aucune gravité.

— Voilà un très joli coup, fit Saint-Preux qui s'efforçait de sourire. Vous me l'apprendrez n'est-ce pas ? d'Eon.

— Très volontiers, cher ami...

Désormais, au camp, la réputation de d'Eon était faite ; on savait maintenant que sous la peau blanche et fine de ses bras fluets se dissimulaient des muscles d'acier qu'il n'était pas prudent d'affronter.

. . . .

Là-bas, à l'horizon de la grande plaine de Westphalie, sous le rouge flamboiement du soleil levant, les Prussiens profilent leurs masses sombres et les lourds bataillons s'avancent en lignes compactes, comme à la parade. C'est le combat. A l'appel du clairon et du tambour, qui sonnent et battent aux champs, l'armée française se range en bataille et les batteries, derrière des fortins construits à la hâte, commencent à gronder, mais leur grande voix n'arrête pas la marche méthodique et lente de l'ennemi.

Là, comme presque toujours dans notre histoire, ce ne sont point deux peuples différents qui se trouvent en présence, mais deux races dissemblables qu'un abîme sépare et séparera bien longtemps encore. D'un côté le Germain — Prussien, Suisse, Allemand, Poméranien, Saxon — de l'autre, le Gaulois. Le premier lourd et épais, sorte de géant blond, brutal et grossier, dont les qualités d'endurance n'ont point été égalées et dont l'esprit de discipline inconsciente et d'obéissance passive devaient servir si puissamment la fortune du grand Frédéric ; le second élégant, mince et alerte, insouciant et joyeux, s'élançant au feu comme à l'amour, c'est-à-dire avec cette impétuosité irréfléchie et charmante, inconnue partout ailleurs, qui lui coûta souvent très cher mais qui culbuta souvent aussi les masses épaisses et lourdes de ses adversaires ; l'un c'est l'homme du Nord, dont les yeux bleus mélancoliques et doux, semblables à ceux des bœufs, semblent toujours poursuivre le vol de quelque rêve informulé, éclos dans les brumes de son pays ; l'autre est né au pays du soleil, du bon vin et des jolies filles ; c'est l'aimable et héroïque troupier du bon vieux temps qui promena triomphalement et pendant tant d'années son brillant uniforme de Garde-Française de Picardie, de Champagne ou de Royal-Comtois et qui parcourut les villes en appelant à la gloire et au plaisir les enfants de la France...

L'affaire venait de s'engager sur l'aile droite de l'armée par une vive canonnade à laquelle les Prussiens ne jugèrent pas à propos de répondre. Mais de notre côté il y eut une précaution qu'on négligea de prendre, et cette négligence, à elle seule, compromit le sort de la journée ; ce fut de mettre tout d'abord en sûreté le camp des femmes, ainsi que tout son encombrant matériel. Quand on s'aperçut de la faute commise, il était trop tard. De ce camp partaient maintenant des clameurs, des appels, le tout au milieu d'une bousculade, d'un désordre, d'un enchevêtrement de choses impossible à décrire ; on perdit un temps précieux à s'occuper de ces intéressantes personnes et l'on ne fit rien qui vaille. Si bien que, dès le début de l'action, le camp tout entier tomba au pouvoir de l'ennemi, stupéfait d'une telle capture à laquelle il était loin de s'attendre.

Ce fut peut-être cet événement qui fut la cause d'une charge furieuse de quatre régiments de cavalerie dont les officiers avaient presque tous perdu leurs maîtresses, charge qui culbuta l'aile droite de l'ennemi. Si Soubise avait su profiter de cette offensive et de la surprise qu'elle causa chez les ennemis, peut-être notre histoire eût elle enregistré une grande victoire de plus. Il n'en fit rien.

Maintenant le combat était général, mais les Prussiens, bien supérieurs en nombre avaient acculé une partie de l'armée française jusqu'au torrent de l'Insprütt avec l'intention évidente de l'y culbuter. Un pont unique et assez large joignait les deux rives. Sur l'ordre du général en chef, les troupes s'y engagèrent. Une batterie prussienne dirigea alors son feu sur le pont qui commença à craquer, ébranlé par le poids des hommes et par les projectiles. L'état-major de Soubise entouré des officiers de la maison du roi venait de s'y engager. Le colonel des dragons d'Autichamp et plusieurs officiers de ce régiment avaient été tués. Soubise, avisant alors d'Eon, lui remit aussitôt le commandement et lui donna l'ordre de charger la batterie à la tête de son régiment.

C'était là un ordre terrible et il fallait trouver un homme d'une témérité folle pour l'accomplir, car il y avait beaucoup de chances pour que pas un n'en revînt.

D'Eon, l'ordre à peine transmis, partit au triple galop, l'épée haute, sur le front de son régiment rangé en ligne de bataille.

— En avant ! cria-t-il.

La masse s'ébranla et dévala sur la batterie avec un bruit de tonnerre.

Les Prussiens, stupéfaits d'une telle audace, avaient cessé le feu, mais cette hésitation fut de courte durée et la canonnade qui reprit, furieuse, crachant la mort sur les héroïques cavaliers, n'arrêta point leur élan forcené et fut comme la piqûre qui stimule et aggrave une colère un peu factice.

Le sabre haut, l'éperon déjà rouge, ils abordèrent les canons prussiens dans un effrayant cliquetis d'acier. La violence du choc culbuta tout le premier rang ; les escadrons emballés, irrésistiblement poussés par ceux qui suivaient submergèrent cette poignée d'hommes avec la furie d'une vague écumante qui déferle... Au bout des poings robustes, les lames d'acier s'abattirent presque en même temps, accrochant de fulgurantes paillettes de soleil ; et, le long du front de bataille, la chute onduleuse des sabres

évoqua, une seconde, la vision d'une palissade lumi-
neuse renversée par un ouragan.

On entendit le « han » formidable qui précipite la
cognée du bûcheron et la hache du bourreau, et l'on
sentit passer le grand souffle fétide qui soulageait
l'oppression de toutes ces poitrines. Et ce fut la mêlée
féroce et stupide, sans courtoisie et sans grâce, la
répugnante débâcle de toute civilisation, de tout respect humain. Sous le sabot fébrile des chevaux cher-
chant un point d'appui, des blessés hurlèrent. Une
rafale de sang souilla le visage du chevalier qui s'es-
suya écœuré, avec son mouchoir de dentelle.

Sous une effroyable volée de mitraille crachée
presque à bout portant, ceux qu'elle épargna conti-
nuèrent à sabrer dans une frénésie de destruction
qui creusait derrière eux de rouges sillons d'agoni-
sants.

Une seconde batterie, sur un mamelon était, elle
aussi, en pleine activité, mais elle était trop éloignée
et les boulets n'arrivaient pas jusqu'au pont de l'Insprütt ; au milieu de la plaine les hussards de Royal-
Champagne chargeaient l'infanterie prussienne tandis
que le reste de l'armée française franchissait l'Insprütt.

Hélas ! le régiment des dragons d'Autichamp était
parti avec ses effectifs au complet, 1,200 hommes
environ ; lorsqu'il railla le gros de l'armée, il était
réduit à 200 à peine ; mais son dévouement n'avait
pas été inutile.

D'Eon, couvert de sang, les vêtements en lambeaux, avait eu deux chevaux tués sous lui mais, par un miraculeux hasard, il n'avait reçu aucune égratignure. Il fut accueilli à son retour par une ovation indescriptible. Il tenait à la main la poignée de son épée dont la lame s'était cassée pendant l'action. Dès qu'il parut, une clameur formidable retentit.

— Vive d'Eon ! Vive la chevalière Flamberge !...

Quelqu'un avait trouvé cette appellation pittoresque qui fut adoptée avec enthousiasme et qui, par la suite, lui resta ; il l'adopta lui-même car elle lui avait été donnée sous le baptême du feu.

Soubise avait réussi à railler son armée ; elle n'avait pas trop souffert et, en somme, il n'avait subi qu'une demi-défaite. La plupart de ses officiers auraient très volontiers consenti à ce qu'elle se transformât en défaite complète pourvu qu'on leur rendît leurs maîtresses. C'était là une perte à laquelle ils étaient plus sensibles qu'à la perte d'une bataille. Dans ce dernier cas la revanche est possible, tandis que dans le premier... Et dans quel état les retrouveraient-ils, s'ils les retrouvaient ? La pensée seule que ces frêles créatures allaient devenir la proie de ces brutes aux cheveux blonds et roux les faisait frémir de honte et de colère. L'un d'eux surtout était particulièrement affecté : c'était Saint-Preux.

Il s'en vint trouver d'Eon, le visage éploré et boitant terriblement, car il avait été blessé à la jambe.

— Ah ! mon pauvre ami, mon pauvre ami ! gémissait le malheureux.

— Quoi donc ? interrogea d'Eon.

— Elle est perdue, cette fois, et bien perdue... il eut mieux valu que ce fut toi qui me la subtilise, en effet.

— Perdue ?... qui ça ?

— Jeanne, parbleu ; celle qui m'a déjà valu un si joli coup d'épée.

— Ah oui... diable ! en effet, ce n'est pas drôle ; mais ne te désole pas ainsi ; tout espoir n'est pas perdu et nous la retrouverons.

— Oui... mais trop tard.

D'Eon le regarda d'un air étonné :

— Comment, trop tard ?

— Dame ! tu ne comprends pas ?...

D'Eon se mit à rire.

— Ah oui, j'y suis... Bah ! ce sont là les hasards de la guerre, mon pauvre vieux, et puis qui sait si sa vertu n'aura pas la résistance du pont que nous venons de traverser. Tu ne vas pas te comparer, je suppose, à ces buveurs de bière et tu avoueras qu'une belle fille, après avoir dormi dans les bras d'un joli garçon tel que toi, n'ira pas de gaieté de cœur s'embourber avec un mangeur de choucroute.

— Je ne dis pas... peut-être ?...

— Ah ! bien sûr, peut-être, avec les femmes on ne sait jamais. Dans tous les cas, allons au plus pressé qui est de la reprendre.

— Evidemment. Mais vois dans quel état m'ont mis ces maudits chiens ; impossible d'ici quinze jours au moins de faire vingt pas de suite sans m'arrêter.

— En effet... mais moi je suis intact et tu peux

compter sur ton serviteur ; nous allons certainement avoir une seconde affaire sous peu et, en éclaireur, je tâcherai d'explorer les lignes ennemies et de découvrir nos belles petites. Si j'aperçois ton amie, je te jure de te la rapporter.

— Si tu fais cela, d'Eon, s'écria Saint-Preux avec chaleur, ce sera entre nous à la vie, à la mort.

— Mais non ; ce ne sera que la rançon *du coup d'épée* que je t'ai donné à cause d'elle et nous serons quittes.

Et les deux jeunes gens, aussi braves et aussi généreux l'un que l'autre, s'en furent bras dessus bras dessous sous leurs tentes.

IV

COMME QUOI DEUX CHOSES QUI N'ONT AUCUNE ANALOGIE, TELLES QU'UNE LIME ET UN MOULIN A VENT, PEUVENT ÊTRE NÉANMOINS D'UN GRAND SECOURS POUR FACILITER UNE ÉVASION.

Il y avait, au quartier général de Soubise, un certain sergent nommé — surnommé plutôt, selon l'usage — Va-de-Bon-Cœur, que d'Eon connaissait et qui, en temps de paix, était employé à Paris par M. de Sartines, le chef de la police, dont il était l'un des plus fins limiers. Ce fut lui que d'Eon chargea du soin de s'en aller, sous un déguisement, à la découverte, dans le camp ennemi, de la maîtresse de

Saint-Preux. C'était une mission périlleuse que Va-de-Bon-Cœur ne jugea pas indigne de lui et qu'il accepta sans difficultés.

L'armée prussienne campait à quatre kilomètres environ sur les bords de l'Insprütt ; ce fut là que se dirigea Va-de-Bon-Cœur avec trois de ses camarades déguisés comme lui en musiciens ambulants. Il s'agissait de parvenir jusqu'aux femmes capturées par les prussiens, de s'approcher de Jeanne et, si possible, *de lui* procurer les moyens de fuir, ou tout au moins, si l'entreprise était par trop difficile, de relever la position précise de l'endroit où elle se trouvait et d'établir le meilleur moyen à employer pour tenter *une surprise qui permit l'enlèvement.*

Après une heure de marche, Va-de-Bon-Cœur et ses compagnons arrivèrent en vue des lignes ennemies. On les laissa pénétrer sans difficultés dans le camp où ils évoluèrent bientôt en toute liberté en donnant aubade sur aubade aux soldats amusés. Il ne vint à l'idée d'aucun que ces musiciens ambulants et loqueteux qui baragouinaient un jargon incompréhensible pussent être des espions.

Va-de-Bon-Cœur qui, tout en soufflant dans sa clarinette, observait tous les coins et recoins du camp, commençait à désespérer de rencontrer ce qu'il cherchait, lorsque le second soir de son arrivée, deux soldats vinrent les chercher, lui et ses compagnons en leur faisant comprendre qu'ils désiraient les emmener avec eux en vue de quelque aubade à donner à quelqu'un. Va-de-Bon-Cœur eut la vague intuition qu'il allait enfin découvrir quelque chose et il suivit les soldats avec empressement.

Comme ils approchaient, des rires et des éclats de voix — voix d'hommes et voix de femmes — parvinrent à leurs oreilles. Le bruit partait d'une tente dressée au milieu du camp, vers laquelle on les conduisait ; elle était surmontée du pavillon royal prussien. Evidemment, on ne s'ennuyait pas là-dedans. Va-de-Bon-Cœur fronça les sourcils et tortilla sa moustache.

— Et voilà leur façon de conserver notre souvenir ! murmura-t-il. Français ou prussiens pour elles, c'est la même chose .. Bon Dieu de bon Dieu ! et dire que c'est pour ces donzelles que nous risquons notre peau. Enfin, suffit. Service commandé. Allons-y.

On les introduisit sous la tente où un spectacle inattendu porta à son comble l'indignation du brave Va-de-Bon-Cœur.

Au milieu était dressée une table somptueusement servie où l'éclat des fleurs, des ors et de l'argenterie le disputait à la clarté des bougies ; une trentaine d'officiers prussiens et à peu près autant de femmes l'entouraient. Le dîner touchait à sa fin et une gaîété de bon aloi, à laquelle avaient contribué les vins généreux naissait, comme il sied, à l'approche du dessert. On applaudit celui qui avait eu l'excellente idée d'amener les romanichels dont les loques formaient un bizarre contraste avec les toilettes et les rutilants uniformes des convives. Un vacarme assourdissant accueillit leur entrée.

Tout d'abord, sans se troubler le moins du monde,

Va-de-Bon-Cœur avait jeté un regard circulaire autour de la table s'efforçant en vain de découvrir la maîtresse de son lieutenant. Ce ne fut qu'après l'exécution du premier morceau qui souleva une tempête de vivats exagérés que le sergent l'aperçut au bout de la table, entre deux officiers auxquels elle ne semblait pas prêter beaucoup d'attention. Va-de-Bon-Cœur l'observa alors plus attentivement et, à un certain manège, il crut deviner que si les deux officiers en question ne montraient pas un bien grand empressement auprès de leur voisine, c'est que cette dernière ne les y encourageait guère et cette constatation la fit considérablement remonter dans son estime. Jeanne, en effet, le regard rêveur et attristé, ne semblait prêter aucune attention à ce qui se passait autour d'elle, et il était aisé de deviner que si elle se trouvait en pareille compagnie, c'est qu'elle n'avait pu faire autrement ; mais la gaieté ambiante n'avait aucune prise sur elle et son esprit était ailleurs. De là à conclure que sa pensée vagabondait en deçà des lignes françaises, il n'y avait qu'un pas et Va-de-Bon-Cœur, qui n'était pas bête, l'eut vite franchi.

— A la bonne heure ! pensa-t-il. Aussi, ça m'étonnait beaucoup de la part de la maîtresse de mon lieutenant. Puisque cette brave fille sauve l'honneur du régiment, nous allons tâcher de la sauver elle-même.

Ce disant, tout en faisant la quête obligatoire, il se rapprocha de Jeanne.

Celle-ci venait de le reconnaître ; elle avait fait un mouvement involontaire qu'elle réprima vite sur un

regard d'intelligence que lui lança Va-de-Bon-Cœur.
Justement ses deux gardes du corps venaient de s'éloigner, en quête, sans doute, de conquêtes plus faciles
et Jeanne et le sergent se trouvèrent une minute
côte à côte. Le brouhaha de plus en plus assourdissant
leur permit d'échanger quelques brèves paroles sans
risquer d'être entendus.

— Impossible de m'échapper par la ruse, même avec
votre aide, répondit-elle à voix basse à une proposition que venait de lui faire Va-de-bon-Cœur. On ne
nous laisse pas d'une minute. Ce serait vous exposer
à une mort certaine.

— Par la force, alors ?

— Oui, pendant la bataille, peut-être.

— C'est bien. Puisqu'on vous laisse errer à votre
guise dans le camp, pouvez-vous vous trouver, dans
la nuit de demain, à minuit, près du mamelon qui
ferme l'angle sud du camp ?

— Oui, je l'espère ? Je suis prête à tout pour sortir
d'ici.

— Le lieutenant d'Eon viendra vous y chercher,
avec un détachement et, par surprise ou par la force,
les deux peut-être, vous ramènera avec lui.

— Le lieutenant d'Eon ? de Saint-Preux, voulez-
vous dire.

— Non. Mon lieutenant est blessé.

La jeune femme était devenue toute pâle.

— Blessé !...

— Oh ! rassurez-vous ; une simple égratignure.

Va-de-Bon-Cœur, qui venait de s'apercevoir qu'on

les observait, interrompit la conversation et reprit sa quête d'un air indifférent.

Le soir même, ils abandonnaient, lui et ses compagnons, le camp prussien et, deux heures après, ils avaient rejoint l'armée française.

Le lendemain, à la tombée du jour, d'Eon se mettait en route avec quarante cavaliers choisis parmi les plus braves et les plus intelligents de son régiment. Arrivé à l'orée d'un bouquet de bois à 800 mètres environ des prussiens, il fit mettre pied à terre à la moitié de ses hommes qu'il emmena avec lui, laissant les autres à la garde des chevaux. La nuit était sans lune et tout à fait favorable à l'entreprise téméraire tentée par d'Eon et que ce dernier, du reste, trouvait toute naturelle et des plus intéressantes. Ils longèrent silencieusement le petit monticule qui fermait en effet l'angle sud du campement et au pied duquel devait venir tout à l'heure celle qu'il s'agissait d'enlever ; au sommet du mamelon se tenait une sentinelle, immobile, l'arme au pied ; sa silhouette se détachait confusément dans la demi-ténèbre de la nuit ; c'était là le plus grand obstacle à surmonter, la véritable difficulté à vaincre. Va-de-Bon-Cœur le comprit comme tout le monde.

— Je m'en charge, murmura-t-il à l'oreille de d'Eon.

Et, se couchant à terre, il disparut en rampant derrière le mamelon. D'Eon et ses hommes attendirent, immobiles et silencieux. Le moindre bruit, le moindre mouvement pouvait déceler leur présence et les perdre. Ils n'attendirent pas longtemps. Tout à coup un cri d'alarme, vite étouffé et resté sans écho troubla à peine le silence environnant. D'Eon scruta alors la nuit de son regard perçant ; la silhouette qui se dessinait tout à l'heure au sommet du mamelon avait disparu. Il fit un signe à ses hommes qui le suivirent en file indienne jusqu'à l'endroit où Va-de-Bon-Cœur les attendait.

— Ils venaient de gravir à leur tour la colline, mais à peine étaient-ils parvenus au faîte qu'à cent mètres d'eux tout au plus un appel aux armes retentit dans la nuit, tandis que la lueur d'un coup de feu déchirait l'obscurité. Ils étaient découverts.

— Tonnerre de Dieu ! hurla Va-de-Bon-Cœur.

— En avant ! fit d'Eon qui était résolu à jouer jusqu'au bout la partie en désespéré et qui espérait encore la gagner par la rapidité de la décision et la promptitude dans l'action. Mais il était trop tard ; la surprise n'était plus possible ; du reste, arrivés au pied du monticule, en plein camp ennemi, ils eurent un instant d'hésitation, n'apercevant pas celle qu'ils venaient chercher. Ce fut leur perte. Un feu de salve dirigé sur eux en coucha la moitié par terre. De tous côtés, des torches s'allumaient. D'Eon comprit alors que toute tentative de résistance ne servirait qu'à les faire massacrer jusqu'au dernier. Ils se rendirent.

Va-de-Bon-Cœur et ses compagnons qui avaient donné la veille l'aubade que l'on sait chez leurs ennemis eurent la chance de ne pas être reconnus par eux dans leurs uniformes de dragons d'Autichamp et d'éviter ainsi le peloton d'exécution. Quant à d'Eon c'était une capture inespérée pour les soldats de Frédéric II auxquels il avait déjà fait tant de mal. La réputation de la chevalière Flamberge n'était plus à faire, parmi eux et le lendemain matin notre héros ne put s'empêcher de sourire en remarquant la cohue qui se pressait sur son passage et les regards curieux et étonnés qui pesaient sur lui. Il fut dirigé avec Va-de-Bon-Cœur sur la forteresse de Rubeck située à peu de distance du quartier général de l'armée prussienne et où il devait attendre son transfert en Prusse...

— Mon Dieu ! qu'il y a loin de la chambre de Mme de Pompadour à la paille humide des cachots ! soupira le pauvre chevalier, deux jours après cette aventure, au dernier étage de la forteresse où on venait de le boucler solidement et où il se morfondait.

D'Eon avait employé la métaphore usuelle, mais hâtons-nous de dire qu'en la circonstance elle était singulièrement exagérée, car le cachot en question se présentait sous l'aspect d'une vaste et assez confortable chambre, et la paille humide n'était autre chose qu'un lit suffisamment moelleux pour faire envie à plus d'un pauvre hère dont les étoiles forment l'ordinaire ciel de lit et le revers d'un fossé l'habituel traversin. Mais pour lui ça n'en était pas moins une prison, c'est-à-dire quelque chose pire que la mort, la seule chose qui ne trouvât pas grâce devant sa philosophie souriante. Il ne sut aucun gré au roi de Prusse lui-même d'avoir ordonné qu'on le traitât avec les égards dûs à un prisonnier de marque et à peine le geôlier avait-il refermé sur lui la lourde porte de fer qu'il songeait à l'évasion.

Mais il se convainquit vite des difficultés à peu près insurmontables que devait présenter une telle entreprise. Sa chambre en effet prenait le jour par une seule fenêtre assez vaste, il est vrai, mais traversée verticalement et transversalement par de solides barres de fer que son poignet fût-il d'acier ne pourrait faire dévier d'un centimètre. C'était là le moyen d'évasion classique auquel il songea tout d'abord, mais qu'il abandonna aussitôt en présence de l'impossibilité matérielle où il était de s'en servir.

Le soir du second jour de son incarcération, après avoir effleuré du bout des lèvres le dîner qu'on venait de lui apporter, il songeait mélancoliquement, la tête entre ses mains, à sa situation précaire, et il commençait à désespérer d'y trouver un remède, lorsqu'un bruit insolite attira tout à coup son attention. Il lui avait déjà semblé l'entendre la veille, mais, le confondant avec le tic-tac monotone d'un moulin situé au pied de la forteresse, il n'y avait pris garde. Cette fois le doute n'était pas possible, c'était bien un bruit distinct de l'autre ; on eût dit que quelqu'un grattait ou la muraille ou le parquet de sa chambre et il s'assura alors, à n'en pas douter, que quelqu'un travaillait en effet le sol sous lui, il remarqua en outre que ce travail s'effectuait à la même heure que la veille, c'est-à-dire entre deux visites du gardien.

— Tiens ! tiens ! murmura-t-il, voilà qui pourrait être intéressant.

Puis, frappant sur le sol trois coups avec son talon, il tendit l'oreille et écouta.

Presque aussitôt, trois coups semblables lui répondirent.

— De plus en plus intéressant ! continua le prisonnier.

Et, comme il était l'homme aux décisions promptes et aux ressources multiples, il enleva de l'une de ses bottes un de ces éperons gigantesques comme en portaient encore, en campagne, les cavaliers de cette époque, et, en ayant arraché l'armature, il s'accroupit, puis après avoir enlevé plusieurs briques sans trop de difficultés, il se mit en devoir d'attaquer le sol de sa cellule à l'endroit même d'où partait le bruit, au-dessous de lui.

Mais-hélas ! il s'aperçut promptement qu'avec un instrument aussi rudimentaire et quelle que soit sa vigueur, il lui faudrait de longs jours, durant lesquels il courrait le risque d'être surpris, avant de pouvoir rejoindre son compagnon inconnu, surtout si ce dernier n'avait pas en sa possession un instrument plus perfectionné que le sien. Aux heures des repas, il s'interrompait en même temps que son compagnon d'infortune, car il n'en doutait plus, c'était l'un de ses compagnons qui n'avait rien trouvé de mieux pour le rejoindre que de démolir le plafond de la chambre, et, quand il entendait monter le gardien, il ramenait vivement sa descente de lit sur son travail de démo-

lition, puis plaçant sa table au milieu, les pieds sur
le tapis, commodément assis et le plus naturellement
du monde, il attaquait le repas que le geôlier avec
beaucoup d'égards avait posé sur la table.

Il y avait quatre jours et presque autant de nuits
que d'Eon grattait avec rage, lorsqu'un soir il faillit
recevoir en pleine figure une énorme tringle de fer
qui, d'un coup bien appliqué, venait enfin de perfo-
rer le sol. D'Eon poussa un cri de joie. Cette fois ça
y était ; dans quelques instants l'ouverture serait
assez grande pour livrer passage au corps d'un
homme.

D'Eon n'attendit pas le complet achèvement du
travail, d'autant plus qu'il venait de reconnaître
Va-de-Bon-Cœur dans le prisonnier d'en bas. Dès
que le trou lui parut avoir les dimensions voulues,
il s'y engouffra les jambes en avant. Il s'était trop
hâté ; les jambes et les cuisses passèrent sans difficultés ; puis, il y eut un arrêt subit ; le corps s'obs-
tina à demeurer immobile, encerclé, malgré les
efforts du malheureux dont les jambes « gigottaient »
d'une façon désordonnée dans le vide. Heureusement quelqu'un les lui saisit et les tira vigoureuse-
ment à lui. D'Eon éleva alors les bras au-dessus de
sa tête ; Va-de-Bon-Cœur tira plus fort, tant et si bien
que brusquement le corps tout entier glissa dans l'ouverture et roula dans la chambre avec Va-de-Bon-
Cœur dans un amas de plâtre et débris de toutes
sortes.

D'Eon, en loques, toussant, s'ébrouant, éternuant

se releva le premier et aida son compagnon à en faire autant. Ni l'un ni l'autre ne s'était fait sérieusement mal.

— Et voilà ! fit d'Eon ; mais je suppose bien, continua-t-il en s'adressant au sergent que tu ne m'as pas invité à venir ici pour y demeurer, et, du reste, je crois que ce ne serait pas prudent.

Ce disant, il montrait le trou énorme qui béeait au-dessus de leur tête.

— Evidemment, répondit son interlocuteur ; aussi allons-nous nous retirer de suite.

— Ah ! et comment ?

— Avec la lime, parbleu !

— La lime ? quelle lime ?

— Mais oui, la lime, la bienheureuse et classique lime, quoi, vous ne connaissez donc pas vos auteurs, mon lieutenant. Tenez, voyez plutôt.

Ce disant, Va-de-Bon-Cœur exhiba en effet une lime soigneusement enroulée dans du papier.

— Avec laquelle nous allons scier proprement l'un des barreaux de ta fenêtre? compléta d'Eon.

— Vous l'avez dit, du reste, c'est déjà fait.

— Mais comment as-tu cette lime en ta possession ?

— Comment ? mais d'une façon fort simple et toujours de plus en plus classique. Une gente demoiselle passant un jour près de ma geôle, acheta le geôlier à prix d'or et fit parvenir enveloppé dans le poulet que voici, le précieux instrument au pauvre prisonnier — qui n'est pourtant pas son amant.

Ce disant, il tendit un papier au chevalier qui lut :
« Je vous fais parvenir le moyen de vous évader par quelqu'un en qui vous pouvez avoir toute confiance ; entre minuit et deux heures vous pourrez agir en toute sécurité, je vous attendrai avec deux chevaux sellés et bridés sur la route de Rubentz, qui conduit aux lignes françaises. »

« JEANNE. »

— En effet, fit d'Eon en riant, rien n'y manque, la jolie fille, l'évasion de la tour sur le coup de minuit, la fuite dans la campagne au grandissime galop, le clair de lune... La Calprenède n'aurait pas trouvé mieux. Et cependant, si, il y manque quelque chose, quelqu'un d'indispensable qui, cette fois, ne prendra pourtant pas part à la fête... l'Amour !

D'Eon avait prononcé cette dernière phrase sur un ton amer tandis que sa physionomie exprimait une indicible mélancolie. Mais ces nuances échappèrent complètement à Va-de-Bon-Cœur.

— Seulement, continua le sergent, comme l'objet vous était adressé personnellement et que la maîtresse de mon lieutenant s'était trompée de porte il était de mon devoir de vous le faire parvenir et je n'ai pas trouvé d'autre moyen.... Il a réussi ; tant mieux. Au reste, chez vous, vous n'auriez rien fait de bon, c'était trop haut. Il fallait que ce soit vous qui veniez me trouver.

— Mais il me semble que, même à cette hauteur, nous risquons de nous rompre vingt fois les jambes en touchant la terre ferme, répliqua d'Eon qui s'était approché de la fenêtre.

— Oui, s'il n'y avait pas le moulin, mais il y a le moulin....

D'Eon regarda Va-de-Bon-Cœur d'un air quelque peu étonné.

— Le moulin ? que veux-tu dire ?

— Vous saviez qu'un moulin à vent était situé tout près de la forteresse, n'est-ce pas ?

— Oui.

— Saviez-vous que l'extrémité des ailes de ce moulin passaient l'une après l'autre au-dessous de ma fenêtre qu'elles effleurent à moins d'un mètre de distance ?

— Non.

— Eh bien, sachez que les ailes de ce miraculeux moulin tournent avec une sage lenteur à une insignifiante distance de ma fenêtre.

— Et après ? où veux-tu en venir ? En quoi de pareils détails peuvent-ils nous intéresser ?

— En quoi ? mais tout est là, ni plus ni moins, et c'est d'une simplicité immense. Ecoutez plutôt : nous enlevons l'un des barreaux de la fenêtre, voilà qui est entendu : cela fait vous enjambez le rebord et vous vous y asseyez commodément ; vous attendez que l'une des ailes du moulin — celle qu'il vous plaira — passe à votre portée. Au vol, sans vous presser vous la saisissez, vous vous cramponnez ferme, elle vous emporte dans l'espace, elle vous dépose délicatement à terre et quelques secondes après elle vient me prendre à mon tour. C'est simple et sans danger. La seule précaution à prendre est d'éviter de se faire empaler par les arêtes, mais pour des gymnasiarques comme nous c'est l'enfance de l'art. Voilà.

D'Eon regarda Va-de-Bon-Cœur d'un air quelque peu ahuri, puis il éclata de rire.

— Va-de-Bon-Cœur ! s'écria-t-il, tu es aussi ingénieux que brave, aussi généreux qu'intelligent. Je regrette bien de ne pas t'avoir dans ma compagnie.

— Moi aussi, mon lieutenant, car, voyez-vous, M. de Saint-Preux n'est pas sérieux ; c'est lui, en somme, qui nous a mis dans cette fâcheuse posture, il aime trop les femmes, c'est ce qui le perdra ; tandis que vous, au moins...

D'Eon sourit.

— Maintenant, interrompit-il, il s'agit de déboulonner le barreau de la fenêtre et de prendre l'air au plus vite.

— Le plus fort est fait, fit Va-de-Bon-Cœur, en unissant nos efforts nous le déboulonnerons facilement.

Mais d'Eon, s'approchant seul de la fenêtre empoigna le barreau à deux mains et, sans effort apparent, d'un coup sec, il le tordit et l'enleva, descellant avec lui tout un pan de la muraille.

— Diable ! s'écria le sergent avec admiration, vous avez plutôt une poigne ; on ne le dirait pas.

Ainsi que l'avait dit Va-de-Bon-Cœur, l'extrémité des ailes du moulin effleuraient la fenêtre à une distance de soixante centimètres à peine. D'Eon, assis sur le bord, se courba, calcula son élan et, à l'instant où l'un des grands bras se tendait vers lui, il le saisit et s'abandonna dans le vide ; le poids de son corps n'accéléra pas le mouvement de rotation, si bien que trois ou quatre secondes après il lâchait prise et sautait à terre ; la chute fut sans doute un peu rude mais il se releva sans contusions.

Va-de-Bon-Cœur, une minute après, effectuait le même trajet dans les mêmes conditions.

Puis les deux hommes, sans perdre une minute s'élancèrent en courant vers le lieu où les attendait la maîtresse du lieutenant de Saint-Preux à quelques centaines de mètres de la prison.

Comme il n'y avait que deux chevaux de disponibles et que quatre kilomètres à peine les séparaient du camp français, il fut décidé que Va-de-Bon-Cœur ferait le trajet à pied. Il avait, du reste, devant lui tout le temps nécessaire, car vraisemblablement on ne s'apercevrait de l'évasion qu'au lever du jour, voire même au moment du déjeuner.

D'Eon et Jeanne arrivèrent sans encombre au camp où les attendait Saint-Preux.

— Ah ! d'Eon, s'écria ce dernier en s'élançant au devant des jeunes gens aussi rapidement que le permettait sa jambe mal en point, tu es le meilleur et le plus brave des amis. Comment reconnaître ce que tu viens de faire ?

— Mais, mon bon, ce n'est pas à moi que tu dois de la reconnaissance, mais à ton amie, car ce n'est pas moi qui te la rends, c'est au contraire elle qui me ramène ici.

Et il raconta l'aventure que nous connaissons.

— N'empêche que tu as risqué ta vie [pour la sauver.

— Et que sans lui, ajouta Jeanne, et quoiqu'il en dise, je serais encore prisonnière, car c'est parce qu'on a changé l'officier qui veillait sur nous pour l'envoyer à la forteresse où vous étiez incarcéré, que j'ai pu traiter à prix d'or avec son successeur, ce que je n'avais pu faire avec l'autre.

— Traiter à prix d'or avec une jolie fille, fit d'Eon en riant, voilà une idée qui ne peut germer que dans la tête d'un Prussien. Ils sont vraiment galants nos collègues d'outre-Rhin.

— Ça dépend, dit Jeanne, je connais certaines de nos amies qui ne s'ennuient pas là-bas. Va-de-Bon-Cœur vous en dira quelque chose. Quant à moi, leurs têtes ne me reviennent pas. Que voulez-vous, ce n'est pas ça...

— Evidemment, conclut Saint-Preux et pour t'éviter un second accident de cette sorte, je vais te réexpédier à Paris où tu attendras patiemment la fin de la campagne, j'ai pris mes dispositions pour cela.

La jeune femme ne demandait pas mieux et sa joie l'empêcha de remarquer l'expression d'indéfinissable mélancolie qu'exprima la physionomie de d'Eon à l'annonce de la décision de Saint-Preux.

— Allons, murmura-t-il, lorsqu'il fut seul, encore un rêve qui, à peine ébauché, s'envole... Aussi, pour-

quoi lui ai-je permis de naître ? C'est bien fait pour
toi, pauvre chevalière Flamberge... Allons, n'y pense
plus. La Destinée t'a choisi pour chevaucher toute ta
vie la Chimère, jusqu'au jour où elle te désarçonnera
et te cassera les reins...

V

SOUS LES ROSES...

Il y avait à cette époque dans la Basse-Saxe, tout
au fond de l'Allemagne, une belle et douce jeune
fille, qui devait plus tard s'asseoir sur le trône d'Angleterre. Sophie-Charlotte de Mecklembourg, fille
unique du Grand-duc, qui s'ennuyait à mourir. Dans
ce pays brumeux et froid, dont nul rayon de soleil ne
venait dissiper la tristesse, l'espiègle et rieuse enfant
qu'était Sophie Charlotte s'étiolait comme les fleurs
mièvres de son parc qui s'inclinaient frileusement sur
leurs tiges comme pour se garer de la morsure des
brouillards ; aucun chant joyeux de troubadour ne
venait charmer ses oreilles trop souvent attristées par
le *lied* imprécis et mélancolique que modulait le pâtre
en descendant le long des collines ; presque jamais
non plus de nouveaux visages ne venaient égayer la
monotonie des longues journées que la jeune prin-
cesse employait à lire, à faire de la broderie et à causer avec ses deux demoiselles d'honneur qu'elle aimait

bien sans doute, mais qui lui servaient de compagnes depuis tant d'années !...

Un jour, le Grand-duc reçut d'un noble écossais, lord Douglas, ami de la famille ducale du nouveau Strelitz une lettre lui annonçant son arrivée, ainsi que celle d'une jeune française, Mlle d'Eon qu'il accompagnait jusqu'en Russie où elle était chargée par le roi de France d'une mission auprès de l'impératrice Elisabeth. Cette nouvelle ravit Sophie-Charlotte. Elle allait enfin voir de nouveaux visages, et une française surtout.

Après Rosbach, une trêve avait été conclue entre la France et Frédéric II ; elle ne devait pas être de longue durée. Dès son retour à Paris, d'Eon fut à nouveau mandé chez le prince de Conti qui, tout en lui transmettant les félicitations du roi pour sa belle conduite à la guerre, lui rappela qu'il ne devait pas jouir longtemps d'un repos pourtant bien gagné et que l'instant était arrivé où il lui faudrait montrer la souplesse et la diversité de ses talents et prouver qu'au courage il savait joindre la ruse, l'intelligence et l'adresse. Du reste, plus que jamais l'alliance de la Russie devenait nécessaire et plus que jamais aussi il allait être difficile de l'obtenir, car la défaite de Rosbach n'était pas faite pour ajouter au prestige de nos armes. Le chancelier de Betuscheff, l'un des favoris de l'impératrice Elisabeth et notre ennemi le plus irréductible venait de rentrer en grâce et de supplanter son collègue Vorousoff, notre ami celui-là. La campagne ne s'annonçait donc point sous de brillants auspices. Ces points noirs et ces difficultés apparentes n'altérèrent en rien, toutefois, la superbe confiance de la chevalière Flamberge.

Avant d'expédier d'Eon en Russie, le prince de Conti lui avait adjoint un cavalier servant que son âge, sa manière d'être et sa fidélité rendraient apte à remplir le rôle de père noble de comédie diplomatique, et ce fut lord Douglas qui fut choisi pour cette mission de confiance. C'était un Ecossais d'origine qui avait voué à l'Angleterre une haine implacable. Depuis long-temps déjà au service de la France, il avait donné des preuves nombreuses et indéniables de sa fidélité envers sa patrie d'adoption. Dans l'esprit du prince de Conti, lord Douglas ne serait pas seulement un chaperon respectable, mais aussi le mentor sage, expérimenté, pouvant utilement conseiller et veiller sur son jeune et trop insouciant compagnon, et éviter les imprudences auxquelles son jeune âge, son esprit aventureux pourraient l'entraîner. En passant par la cour du Grand-duc, lord Douglas voulait se rendre compte de la façon dont d'Eon remplirait son rôle féminin et s'il ne se trahirait pas. C'était en quelque sorte une répétition générale avant la grande pièce qui devait se jouer à Moscou un peu plus tard.

En Saxe comme à Paris, comme à l'armée, la beauté de la Chevalière — conservons lui cette appellation pour l'instant — produisit le même effet. Jamais, en effet, cette beauté n'avait été plus saisissante. D'Eon, lui-même, ne put s'empêcher de constater que les habits féminins lui allaient beaucoup mieux que la tunique de dragon.

Le doute même était impossible. C'était bien une femme, une femme aux traits délicats et fins, aux formes harmonieuses et parfaites qu'il avait devant lui lorsqu'il se contemplait dans une glace.

Mais s'il produisit une vive impression sur les habitants du grand-duché de Mecklembourg, il y eut à la Cour, une jeune personne qui produisit sur lui une impression plus vive encore. Ce fut Sophie-Charlotte.

Elle seule, en effet, aurait pu rivaliser de beauté avec la Chevalière. D'une taille un peu au-dessus de la moyenne, elle était blonde, non point de ce blond fade qui est l'apanage de beaucoup d'allemandes, mais d'un blond vénitien, chaud, tirant sur le roux, si cher aux poètes et qu'adorent les artistes. Son visage était d'une pureté de lignes admirable et ce qui en faisait surtout ressortir la pâleur nacrée d'une souveraine distinction, c'étaient les yeux, ces grands yeux bleus pleins de rêve des filles d'outre-Rhin, les yeux d'Elsa ou de quelque Walkyrie, tels que nous les évoquent, inspirés par la Légende, les vieux maîtres d'autrefois.

Lorsqu'on lui présenta la chevalière, elle sourit et lui tendit la main avec une grâce charmante. Il était aisé de voir que la première impression avait été excellente et, en effet, Sophie Charlotte avait tout de suite compris que cette jeune française pour laquelle elle avait éprouvé tout d'abord une instinctive sympathie

deviendrait pour elle, plus tard, une amie fidèle...
Quant au vieux duc de Mecklembourg qui chérissait sa
fille, c'était un vrai type de Burgrave, sorte de bon
géant, grand buveur, gros mangeur et bon vivant.
Lord Douglas s'était donné pour l'oncle de la Chevalière.

L'intimité, naturellement, s'établit rapidement
entre elle et Sophie-Charlotte. Toute heureuse d'avoir
enfin trouvé une compagne digne d'elle à tous
égards, elle donna libre cours à sa fantaisie, voire
même bientôt à ses confidences, ce qui ne laissa pas
que de troubler fort et de plus en plus la Chevalière.
Sophie-Charlotte avait naturellement avec elle de ces
familiarités et de ces abandons coutumiers entre
jeunes filles et il arriva souvent à la Chevalière de
faire des efforts surhumains pour, lorsqu'elle y répon-
dait, ne pas montrer une ardeur qui eut pu paraître
étrange et qui, par la suite, aurait pu compromettre
le résultat de sa mission.

Lorsqu'elle se promenait avec son amie dans les
sentiers ombreux du grand parc, le bras passé autour
de sa taille ou lorsqu'elle s'asseyait à ses côtés à
l'ombre de quelque sycomore, bien souvent il lui
arriva de se demander si elle aurait la force et l'énergie nécessaires pour jouer jusqu'au bout son rôle.
L'épreuve devenait chaque jour de plus en plus dangereuse.

Un soir — un soir de juin tiède et clair, tout plein
du parfum musqué des œillets et des roses, elles
s'étaient assises côte à côte, après une longue pro-

menade sous un bosquet formé de plantes grimpan-
tes, de glycines et de roses trémières. La nuit était
si claire qu'on y voyait comme en plein jour ; le parc
plein de silence dormait sous les étoiles et dans cet
apaisement du soleil absent, toutes les senteurs de
la terre flottaient dans l'atmosphère, rafraîchi de
temps en temps par le souffle léger de la brise du
soir. Les promeneuses s'abandonnèrent d'abord au
bonheur de respirer et le repos de la nature fut pour
elle comme la douceur d'un bain frais.

Un instant elles demeurèrent silencieuses. Comme
engourdies dans la béatitude d'un alanguissement
inexprimable, il semblait à Sophie-Charlotte que
son cœur s'élargissait, plein de murmures comme
cette soirée claire, fourmillant de mille désirs rôdeurs
comme ces insectes qui passaient, invisibles, et dont
elle devinait le frémissement. Elle s'unissait peu à
peu à cette poésie vivante et, dans la molle blancheur de la nuit elle sentait palpiter des espoirs insai-
sissables, quelque chose comme un souffle de
bonheur.

La Chevalière, le bras passé autour de la taille,
contemplait sa jolie tête aux cheveux d'or qu'elle
abandonnait, confiante, sur son épaule. Un instant
elle crut deviner les songes qui passaient, fugitifs et
légers, dans ses grands yeux bleus.

— Charlotte, murmura-t-elle, n'avez-vous jamais
rêvé d'amour ?

La jeune fille tressaillit.

Elle se redressa et, regardant son amie

— Oh ! si, répondit-elle avec abandon, si, bien souvent des rêves d'amour ont embelli mes nuits, nuits de sommeil ou nuits d'insomnie... Depuis deux ans, depuis le jour où j'ai compris que je n'étais pas faite seulement pour broder, peindre, lire ou chanter, j'en subis l'anxiété croissante et dans la béatitude de mes rêves, je n'ai jamais voulu songer aux obstacles. Comment sera-t-il celui qui recueillera les trésors de tendresse dont mon cœur déborde ? Je ne sais pas et je ne me le suis jamais demandé. Ce que je sais, c'est que je l'adorerai de toute mon âme et qu'il m'aimera de toute sa force. Nous nous promènerons dans la tranquillité des soirs sous la clarté qui tombe des étoiles, nous nous en irons la main dans la main, à travers les prés fleuris écoutant les chants d'amour d'oiseaux, mêlant notre tendresse à la limpidité des nuits d'été, laissant s'envoler nos songes bleus sur le souffle de la brise parfumée. Et cela continuera toujours, jusqu'à la tombe.

Tandis que la jeune fille parlait un sourire divin, sourire que connaissent encore celles qui ignorent la vie, illuminait son fin et délicat visage qui eut pu rivaliser de nuances avec les pétales des roses qui s'inclinaient au-dessus d'elle. Elle personnifiait bien à cet instant ces deux entités — filles de son pays — que le génie du poète et celui du Maître devaient offrir plus tard à l'admiration du monde, Marguerite innocente et pure pressentant, anxieuse, la venue de Faust et la Walkyrie attendant Siegfried au seuil de la forêt.

— Et vous, fit-elle, tout à coup en s'adressant à son amie, n'avez-vous jamais aimé ?

La Chevalière tressaillit et si Sophie-Charlotte l'eut observée attentivement à cette minute, elle eut pu voir le sourire d'infinie tristesse qui courut sur ses lèvres. Inconsciemment, elle venait de lui faire une question bien cruelle, car pour y répondre, la Chevalière eut été obligée d'avouer que malgré toutes les fièvres du désir et tous les baisers cueillis au hasard des chemins, son cœur était aussi vide que celui de la vierge qui l'interrogeait et que jamais devant ses yeux n'avait brillé l'étincelle divine, l'éclair de joie que le Destin fait flamboyer aux regards éblouis de l'homme pour lui masquer la vie.

— Non, répondit-elle, jamais bien sérieusement, mais assez cependant pour savoir que la petite fleur bleue que vous désirez tant cueillir, n'est pas sans épines. Méfiez-vous. Le prince Charmant que vous attendez et qui viendra certainement un jour ne sera peut-être pas digne de recueillir les trésors de tendresse dont votre petit cœur déborde et alors vous souffrirez, Charlotte, vous souffrirez beaucoup...

La jeune fille secoua la tête.

— Si, vous souffrirez, car je le sais bien, vous vous donnerez sans réserves, vous n'êtes pas de celles qui se reprennent, vous êtes trop loyale et trop franche et votre premier amour sera le dernier. Et c'est ce qu'il ne faudrait pas peut-être. Il ne faut jamais livrer son cœur tout entier, ma chérie ; pour

un seul qui conservera jalousement le trésor comme un dépôt sacré, combien d'autres qui ne sauront pas en apprécier le prix et qui l'abandonneront sur leur route, pantelant et meurtri, pour courir à la recherche d'autres qui ne le vaudront pas.

— Ah ! je le vois bien, répondit Charlotte, quoique vous en disiez, vous avez beaucoup plus d'expérience que moi sur ce sujet et vous ne m'encouragez guère ; mais que voulez-vous, je ne crois pas au mal ; je ne conçois pas la haine, encore moins l'indifférence et je suis faite pour l'amour. Comme vous l'avez si bien dit tout à l'heure, lorsque je me donnerai ce sera sans esprit de retour ; tant pis pour celui auquel j'appartiendrai s'il méconnait le prix de ma tendresse.

La Chevalière tenait la jeune fille serrée contre elle et sa petite tête, confiante et sans alarmes s'abandonnait sur son épaule. Ah ! pourquoi le Destin stupide lui interdisait-il d'être ce prince Charmant dont la jeune fille attendait si anxieusement la venue ? Elle venait de le trouver, pourtant, celui qu'elle cherchait, et sans qu'elle s'en doutât ; lui aussi le pauvre chevalier errant, le pauvre pêcheur de lune cherchait sans pouvoir la trouver depuis bien des années l'âme simple et tendre, sœur de la sienne avec laquelle il pourrait communier dans un même amour. Il croyait l'avoir enfin rencontrée et il ne pouvait s'en emparer ; il avait le bonheur à ses côtés et il ne pouvait le saisir ; peut-être ne le retrouverait-il pas.

C. FLAMBERGE

Le cœur de la Chevalière s'emplit d'une grande tristesse en même temps qu'un trouble qu'elle connaissait bien faisait frémir sa chair ; ses bras s'étaient refermés autour de sa compagne dont le beau corps s'abandonnait et elle le sentait frissonnant contre elle ; l'enfant naissait à peine à la vie, comme ces roses qui formaient un diadème parfumé sur leurs têtes et qui venaient d'entr'ouvrir leurs pétales sous les caresses de la brise, et son premier cri était une réponse informulée à l'appel de la vie qui débordait autour d'elle et ce cri prouvait qu'elle avait bien compris ce que disait la chanson du printemps...

Grisée, par les aromes puissants de cette nuit d'été la Chevalière se souvint, elle aussi, du refrain de la bonne chanson et elle le modula tout bas aux oreilles de Sophie-Charlotte, étonnée et ravie. Elle était incapable de se soustraire au charme dangereux auquel elle n'avait pas su échapper à temps et qui maintenant la possédait toute et Sophie-Charlotte, qui ne pouvait comprendre, buvait avidement ces paroles de tendresse qu'elle n'avait jamais entendues jusqu'alors sur les lèvres de ses amies. Et à mesure que les phrases devenaient plus ardentes un trouble inconnu et délicieux s'emparait d'elle.

C'était de la tendresse, cela aussi, une tendresse qui n'était peut-être pas celle du prince Charmant, mais d'une douceur tellement exquise qu'elle n'eut peut-être pu les distinguer l'une de l'autre et qu'elle était bien près, à cette minute, de les confondre toutes les deux dans son cœur.

Un nuage passa devant les yeux de la Chevalière. Brusquement, comme si elle perdait la notion du monde extérieur elle prit, dans un geste fou, la tête de son amie entre ses mains et mit sur ses lèvres un long baiser, un baiser de feu qui fit frissonner la jeune fille jusqu'au plus profond de son être.

Instinctivement, elle s'était dégagée et, se reculant un peu, ses yeux se fixèrent sur la Chevalière avec une expression anxieuse et craintive impossible à rendre.

— Oh ! balbutia-t-elle, que faites-vous... je ne sais ce que j'éprouve... j'ai peur !...

Les battements précipités de son cœur soulevaient sa gorge et la Chevalière crut voir briller des larmes dans l'infini de ses grands yeux ; elle fut sur le point de lui tout avouer et de continuer le cantique d'amour mais rassemblant toute son énergie et tout son courage, elle retrouva la force nécessaire pour obéir à la voix impérieuse du devoir. Elle ne pouvait pas... Elle devait jouer son rôle jusqu'au bout.

Alors, se rapprochant de Sophie-Charlotte et la prenant doucement dans ses bras.

— Pardonnez-moi, ma chérie, fit-elle, l'excès de ma tendresse, mais n'accusez qu'elle si elle vous paraît trop ardente. La faute en est à votre cœur qui recèle des qualités et des trésors dont j'ignorais l'existence jusqu'à ce jour. Je vous aime comme une sœur et vous resterez toujours mon unique amie...

L'inquiétude de Sophie-Charlotte était dissipée. Elle sourit délicieusement.

— Moi aussi, répondit-elle, je vous aime bien, mieux même que celle que j'appelais hier encore ma meilleure amie...

— Ah ! interrompit d'Eon, vous aviez déjà une amie.

— Oui, une amie d'enfance qui est maintenant demoiselle d'honneur de l'Impératrice Elisabeth de Russie, où vous allez vous rendre justement. Elle se nomme Nadège Stein et elle me ressemble beaucoup dit-on. Je vous donnerai pour elle une chaleureuse lettre de recommandation et tout les deux, là-bas, vous penserez à moi, n'est-ce pas ?

Malgré lui, d'Eon fit un mouvement que Charlotte ne remarqua pas. Ainsi il lui faudrait retrouver là-bas les mêmes dangers auxquels il croyait avoir échappé une première fois. Il était donc écrit que la Destinée lui ferait toujours entrevoir le bonheur tout en lui défendant de le saisir ? Un instant il eut l'idée de refuser, mais le pouvait-il ? Et quand bien même, est-ce qu'il ne se trouverait pas malgré lui en présence de cette Nadège Stein ? Empressons-nous d'ajouter que cette pensée eut tout juste la durée d'un éclair ; dire le contraire serait faire preuve d'une complète ignorance du cœur humain, et de celui de la Chevalière particulièrement.

La nuit s'avançait ; depuis longtemps déjà elle avait étendu son manteau de velours sombre sur les deux jeunes gens qui ne s'apercevaient pas de la fuite du temps. La Chevalière, la première, comprit que leur absence pourrait être remarquée et qu'il était temps de retourner au château. Lentement, elle s'enfonça avec son amie dans les allées pleines d'arbres où elles disparurent bientôt.

Au sommet d'un laurier-rose, un rossignol égréna les notes perlées de son champ divin — alleluia d'amour — mais cette fois la chanson, eut-on dit, était plus lente que de coutume, comme désabusée, et les modulations étaient pleines de tristesse...

VI

UN CHAPITRE BIEN COURT QUE NE LIRONT PAS LES JEUNES FILLES.

« *L'Amour après l'amour n'est que mélancolie* »...

Ce joli vers n'avait pas encore pris son vol à l'époque de la Chevalière Flamberge, mais la pensée qu'il exprime était bien l'image fidèle de son état d'âme, le lendemain de cette soirée dont elle gardait encore la douceur sur les lèvres.

Au reste, était-ce bien de l'amour que notre héros avait trouvé dans toutes les aventures qu'il avait jusqu'alors rencontrées dans sa vie errante ? Mme de Rochefort elle-même — celle dont le souvenir lui causait le plus d'émotion — lui en avait-elle donné ? Hélas ! il était bien obligé de s'avouer que non. C'est que d'Eon était avant tout un incorrigible sentimental ; ce séducteur et ce diplomate était un rêveur obstiné, un idéaliste impénitent qui ne cessait pas de courir à la poursuite d'un nouveau fantôme ; ce que son rêve demandait à l'amour, ce n'était pas une joie, c'était une illusion, car toute joie s'éteint ou s'atténue une fois éprouvée. L'illusion au contraire, se renouvelle et recommence perpétuellement parce qu'elle est toujours déçue ; elle ressemble au mirage et à l'espérance ; l'inconstance de d'Eon, comme celle de Don Juan était une des raisons même de ses succès parce qu'elle était un mouvement de sa nature une preuve de sa force et le signe éclatant de cette force d'aimer, impérissable et inassouvie qui le distingua des autres amants jusqu'à la fin de sa carrière amoureuse.

Et pourtant chaque fin de rêve lui laissait l'âme inquiète, tout embrumée par le souvenir qu'il ne pouvait chasser que difficilement de son cœur.

Inconsciemment, il aspirait à se fixer et à fermer définitivement son cœur sur un véritable et grand amour, celui dont on ne revient jamais...

La date du départ avait été fixée par lord Douglas, d'accord avec la Chevalière, lorsque Sophie-Charlotte tomba malade ; une forte fièvre l'avait prise un soir, après dîner et depuis deux jours elle gardait la chambre ; une maladie peu grave et de courte durée, sans doute mais qui nécessitait néanmoins des soins continus.

La Chevalière était venue plusieurs fois voir son amie et contempler la tête gracieuse et fine dont la pâleur rosée faisait une tache à peine perceptible sur l'oreiller de dentelle et de soie. Un jour, qu'elle était montée avec le Grand-Duc, Sophie-Charlotte dit, en s'adressant à la Chevalière :

— Si mon mal traîne en longueur, c'est vous qui en êtes cause, méchante...

— Moi ? et comment cela ?

— Parce que vous avez refusé de me tenir compagnie, prétextant que vous n'y entendez rien pour ce qui est des soins à donner à un malade...

— Mais c'est uniquement pour cela, en effet, interrompit la Chevalière. Je craignais, par ma maladresse, de vous faire regretter votre garde-malade ordinaire, qui s'y entend certes mieux que moi pour ces sortes de choses.

— Non, il faut que vous veniez et que vous demeuriez avec moi, je le veux, fit Sophie-Charlotte, avec une moue mutine.

— Et puis, ajouta le Grand-Duc en s'adressant à la Chevalière, votre présence seule sera pour elle un réconfort moral qui sera peut-être plus efficace que toutes les drogues qu'on lui fait absorber.

La Chevalière était fort perplexe ; un autre danger, terrible celui-là, la menaçait. Elle avait devancé son départ de quelques jours pressentant que si elle demeurait plus longtemps au château grand-ducal elle ne pourrait résister à l'impulsion irrésistible qui la poussait vers Sophie-Charlotte.

Et voici qu'on lui demandait de partager l'appartement même de la fille du Grand-Duc !...

Sophie-Charlotte, qui avait remarqué les allures embarrassées et les hésitations de son amie, eut alors dans le regard une telle expression de tristesse et de reproche que la Chevalière ne put lutter davantage ; elle n'eut pas l'énergie nécessaire pour résister à la force d'amour qui l'entraînait sur la pente dangereuse.

Une chambre contiguë à celle de la fille du Grand Duc fut réservée à la Chevalière ; les deux chambres communiquaient entre elles par une grande porte à deux battants.

Sophie-Charlotte avait déclaré qu'elle ne voulait plus désormais recevoir d'autres soins que de son amie, et la Chevalière avait passé toute cette soirée là auprès d'elle. Etendue sur une ottomane recouverte de satin noir, la jeune fille, par la fenêtre entr'ouverte regardait venir la nuit, et son regard semblait poursuivre dans l'espace infiniment bleu qui déjà se parsemait d'or, le vol de quelque rêve informulé, la solution de quelque énigme d'amour qui la troublait étrangement depuis plusieurs jours ; elle se taisait, et la Chevalière assise à ses pieds, respectait son silence, car elle comprenait qu'à cette minute, ce silence les unissait mieux que le plus passionné bavardage.

Lorsqu'elle sentit venir la fatigue, Sophie-Charlotte se releva et se dirigea vers son lit.

La Chevalière fit alors un pas pour se retirer.

— Non, restez, mon amie, fit Sophie-Charlotte d'une voix empreinte d'une lassitude délicieuse qui la faisait plus prenante encore, restez auprès de moi un instant, sinon je ne pourrais pas m'endormir.

Cela vous ennuie donc de me servir de camériste ce soir.

Etrangement émue elle aussi, la Chevalière balbutia quelques paroles sans suite, tandis que ses mains frémissantes s'efforçaient maladroitement de dégrafer la robe de son amie. Les épaules, qu'on eut dit taillées dans un bloc de marbre rose veiné de bleu apparurent enfin aux regards éblouis de la Chevalière, puis la gorge, et tout à coup les seins pointèrent sous la chemise de soie mauve, dont les entre-deux de dentelle laissaient apercevoir des luisances de chair nacrée.

Un flot de sang monta au visage de la Chevalière, tandis que ses désirs trop longtemps contenus faisaient vibrer sa chair et l'affolaient. L'attirant contre elle, elle laissa traîner sur ses épaules et sur sa gorge de longs et savants baisers sous lesquels Sophie-Charlotte se sentait mourir ; puis, la faisant asseoir à côté d'elle sur l'ottomane, elle l'entoura de ses bras et lui murmura doucement à l'oreille.

— Sophie-Charlotte, je ne suis pas celle que tu crois... je suis celui que tu attends et que tu vois passer dans tes rêves la nuit ; et si je ne suis pas celui auquel tu dois donner ton cœur pour la vie, je puis du moins te faire connaître la réalité tangible du plaisir et des voluptés délicieuses que tu ignores ; elles te mettront des palpitations dans le sein et des ivresses dans le sang, elles te feront connaître les extases divines qui seules valent la peine de vivre, car elles sont l'aboutissement et la réalisation suprême du rêve qui te tourmente, le népenthès que le Destin a mis à notre portée pour endormir nos tristesses et nos douleurs...

Sophie-Charlotte écoutait ces paroles ardentes dont elle ne pouvait encore saisir le sens et qui lui arrivaient aux oreilles comme un murmure berceur, une musique céleste belle et douce entre toutes qui la troublait d'inexprimable façon et qui la laissait inconsciente et sans force. Sa chemise tomba sous les doigts frémissants de la Chevalière et son corps, réalisant un modèle parfait de la statuaire antique, apparut alors dans toute sa splendeur et sa pureté. Agenouillée devant l'idole dont les yeux se fermèrent, comme en prière, la Chevalière laissa traîner ses lèvres brûlantes et expertes sur la chair d'ivoire secouée de longs frissons, baisers fous, baisers de rêve messagers de l'irréel, caresses divines et ignorantes, hélas ! des tristes lendemains...

« L'amour après l'amour n'est que mélancolie... »

VII

DANS LEQUEL IL EST DÉMONTRÉ QUE MESSER CUPIDON FINIT TOUJOURS PAR PRENDRE SA REVANCHE

Le 24 juillet 1760, la Cour de Russie était en fête ; on y célébrait en grande pompe les fiançailles du chancelier Betuscheff, le favori alors tout puissant de l'impératrice Elisabeth avec l'une des demoiselles d'honneur de cette dernière, la toute gracieuse Nadège Stein.

Ce soir-là, l'immense salle des gardes du Kremlin, l'imposant palais construit dix années auparavant par Pierre le Grand, rayonnait de mille feux et s'emplissait du brouhaha confus d'une foule de convives qui terminaient joyeusement, autour d'une table somptueusement servie, le repas des fiançailles présidé par l'Impératrice en personne.

Il y avait là une cinquantaine de riches et puissants seigneurs moscovites, sortes de géants à la physionomie dure et brutale pour la plupart, et qui, à peine sortis de la barbarie, n'avaient pas encore eu le temps de se polir au contact de la civilisation naissante.

Le héros de la fête, le cosaque Betuscheff, qui avait été jadis l'aide de camp de Pierre le Grand, réalisait bien entre tous le type d'un de ces chefs de clans qui composaient les hordes tartares que Gengis-Khan précipita sur l'occident à la naissance du monde moderne; il en avait la taille et l'expression de physionomie, à la fois sauvage et fière.

Quant à sa fiancée, Nadège Stein, qui était placée à la gauche de l'Impératrice, c'était une mignonne créature, blonde et frêle qui n'était certes pas destinée, à devenir la compagne de ce géant roux, avec lequel elle offrait un vivant contraste. Seule, elle ne semblait pas prendre part à l'allégresse générale qui éclatait en rires sonores et en joyeux propos et lorsque les convives se levèrent, entrechoquant leurs hanaps en l'honneur des fiancés, elle demeura immobile, le regard rêveur et triste, le visage empreint d'une irrémédiable et profonde mélancolie.

L'histoire de Nadège, en effet, était infinement triste dans sa simplicité. Remarquée par Betuscheff dès son arrivée à la Cour, elle n'avait pas tardé à se trouver en butte aux assiduités du favori que sa beauté semblait impressionner fort. Constamment repoussé, il ne se lassait pas et devenait au contraire de plus en plus entreprenant à mesure qu'il essuyait un nouvel échec. Sa disgrâce qui survint subitement fut un moment de trêve pour Nadège qui se crut enfin définitivement débarrassée de son persécuteur. Elle se trompait. Elisabeth était aussi fantasque qu'inconsciante dans ses affections et l'histoire nous apprend que cette souveraine fit une consommation prodigieuse de favoris durant son règne. Un caprice avait disgracié Betuscheff, un autre caprice le fit rentrer en faveur, avec un pouvoir sans limites, cette fois.

Il n'avait pas oublié Nadège et l'absence au lieu de la lui faire oublier n'avait fait que redoubler sa passion. Ayant épuisé tous les moyens et tous les arguments sans pouvoir arriver à ses fins, il employa les arguments suprêmes, la menace et la violence. La pauvre Nadège fut circonvenue ; on lui fit entrevoir les honneurs et les richesses qui l'attendaient si elle consentait à devenir la femme de Betuscheff et on lui laissa entendre aussi que, si elle refusait il n'y aurait plus pour elle que deux alternatives : la prison ou l'exil.

Nadège pleura longtemps. Elle connaissait la nature passionnée et violente du favori et elle se sentait frémir rien qu'à l'idée qu'elle pourrait se trouver exposée à sa colère et à sa vengeance. Elle se soumit, résignée, et elle consentit à se laisser conduire à l'autel, mais comme un condamné marchant au supplice.

Betuscheff, aveuglé par la passion, ne voulut pas comprendre qu'il ne régnerait jamais sur le petit cœur de cette fauvette trop tôt mise en cage. Elle lui avait fait le sacrifice de sa jeunesse et de sa vie et elle était désormais résignée, mais ce sacrifice devait la laisser à jamais inconsolable. Et voilà pourquoi, lorsque les seigneurs moscovites levèrent leurs coupes en l'honneur des fiancés, la petite Nadège, seule, demeura immobile, le regard rêveur et plein de tristesse.

Un courrier arrivé le matin à la Cour avait annoncé pour le jour même la venue des ambassadeurs français, Elisabeth, qui se souciait fort peu du protocole, n'avait pas jugé à propos de perdre du temps en préparatifs pour les recevoir et elle avait ordonné que la fête en l'honneur de Betuscheff et de Nadège suivit son cours.

Rappelons ici les instructions qui avaient été données à la Chevalière : elle devait démontrer à la Tsarine tous les avantages résultant pour elle d'une alliance défensive et offensive avec la France ; réchauffer ses sympathies personnelles pour Louis XV, lui dévoiler l'amour qu'elle a su inspirer au prince de Conti et l'inciter au besoin à correspondre à la flamme dont ce dernier était censé se consumer; solliciter enfin, pour le prince amoureux, le commandement en chef des armées russes ou l'investiture de la Courlande, ce qui lui aurait permis de se rapprocher de l'objet de son amour... et surtout du trône de Pologne que le prince convoitait ardemment. Tout naturellement, cette dernière partie de la mission devait être tenue absolument secrète; c'était le dessous de la carte qui ne devait être retournée qu'à la fin de la partie.

Nous verrons par la suite que la Chevalière obligée de dévoiler à Elisabeth l'objet de sa mission, ne pourra en conséquence lui cacher son déguisement et que cet aveu ne fut pas pour déplaire à la Tsarine qui fut quelque peu séduite par la bonne grâce et, disons le mot, par la joliesse de la jeune ambassadrice. Dès le début, Elisabeth lui fit comprendre que la sympathie qu'elle avait pour sa prétendue lectrice se changerait facilement en une amitié... plus tendre

Mais n'anticipons pas sur les événements dont se compose cette véridique histoire et pour l'intelligence du récit, laissons un instant les nobles seigneurs moscovites célébrer les fiançailles du favori Betuscheff et retournons au Grand-duché de Mecklembourg où la Chevalière oublie complètement sa mission diplomatique entre les bras de Sophie-Charlotte.

Lorsqu'elle se réveilla enfin de son rêve et que le lendemain matin la fille du Grand-duc se retrouva face à face avec la triste réalité, avec la vie, elle eut peur et elle éclata en sanglots en laissant tomber sa

tête sur l'épaule de la Chevalière qui la tenait tendredrement serrée contre elle et qui la berçait doucement entre ses bras comme une mère eut fait de son
enfant.

La Chevalière connaissait les mots qui consolent,
les mots qui chantent l'oubli et mettent en fuite le
remords. Certes, elle savait bien qu'elle ne pourrait
jamais lui appartenir et qu'il faudrait bientôt couper
les ailes à ce rêve avant même qu'il ait pris son essor
et détruire avant même qu'elle soit née cette ébauche
d'amour dans le cœur de l'enfant ; certes, elle était
coupable, elle le savait, mais la faute n'en était-elle
pas aux circonstances d'abord et à la beauté de Sophie-
Charlotte ensuite ? Elle avait trop présumé de son
énergie, l'amour avait été plus fort et les avait entraînées toutes deux vers l'abîme.

Sophie-Charlotte pardonna et la Chevalière souffrit
bien plus qu'elle, et véritablement cette fois lorsqu'il
fallut se séparer, quoiqu'elle lui eut promis de revenir la voir à son retour de Russie. Cette fraîche idylle
printanière à peine ébauchée et si vite terminée lui
laissait aux lèvres comme un parfum de roses et son
cœur, malgré le grand amour qui devait le prendre
bientôt, en garda longtemps la mémoire, endormie
dans quelque coin, comme ces fleurs jaunies entre les
feuillets de l'album aux souvenirs...

Il y avait surtout une chose qui tourmentait Sophie-
Charlotte. Dans cette petite âme ignorante encore des
choses de la vie, la jalousie était née en même temps
que l'amour. Elle savait qu'elle ne pourrait jamais

devenir la compagne de la Chevalière mais la douleur qu'elle en éprouvait était augmentée par la pensée qu'une autre pourrait prendre sa place, et victorieusement, dans la vie de la Chevalière. Elle songeait alors à sa meilleure amie, Nadège Stein, qui lui ressemblait comme une sœur et que la chevalière allait rencontrer à la Cour de Russie. Elle se reprochait amèrement, maintenant, de lui en avoir parlé et de lui avoir donné une lettre de recommandation pour elle. Mais elle était trop fière pour laisser même soupçonner de telles préoccupations ; elle se tut et souffrit en silence.

Le jour arriva où les deux ambassadeurs durent prendre congé de la famille du Grand-duc de Mecklembourg. Ils n'eurent garde de prendre la route directe les conduisant à Saint-Pétersbourg, ils jugèrent utile, afin de ne pas signaler leur arrivée, de faire de nombreux détours. La raison d'une telle attitude était dictée par la situation même de la Cour d'Elisabeth où les deux hommes qui se partageaient la confiance et les faveurs de l'impératrice, Worousof et Betuscheff, se disputaient également le pouvoir.

Ils arrivèrent incognito à Saint-Pétersbourg et furent présentés à Betuscheff, lord Douglas comme ambassadeur de Sa Majesté Louis XV et la Chevalière comme sa nièce. La beauté de cette dernière parut faire une vive impression sur Betuscheff ; quant à lui, il déplut souverainement à la Chevalière.

La première fois où notre héros se trouva en présence de Nadège Stein, il ne put réprimer un geste de

profond étonnement. C'était, en effet, l'image fidèle de Sophie-Charlotte ; la ressemblance était frappante ; mêmes yeux, même taille, même visage aussi ; le regard, le maintien et les manières indiquant peut-être moins d'innocence et plus d'expérience de la vie que chez Sophie-Charlotte, mais il y avait chez elle quelque chose qui frappa tout d'abord la Chevalière et dont elle ne devait pas tarder à avoir l'explication, c'était cette expression de profond chagrin qui ne lui paraissait pas compatible avec la jeunesse.

Lorsqu'elle se trouva seule, le soir, dans sa chambre la Chevalière songea, accoudée sur le rebord de sa fenêtre d'où elle embrassait un horizon superbe, toute une partie de Saint-Pétersbourg qui dormait et dont les minarets se découpaient sur le ciel bleu pâle. A mesure que sa rêverie se précisait, une émotion étrange s'emparait d'elle, émotion qu'elle n'avait pas encore rencontrée dans ses pérégrinations amoureuses et qui l'avait saisie déjà lorsqu'elle avait rencontré Nadège pour la première fois. Elle avait retrouvé une Sophie-Charlotte qui n'était pas la Sophie-Charlotte jadis aimée ; le souvenir des exquises joies goûtées avec son amie de la veille revint, lancinant, et exacerbé encore par un charme indéfinissable qui émanait de Nadège et que ne possédait pas la fille du Grand-duc.

Toute la nuit l'image de Nadège fut présente à son regard ; il la voyait telle qu'il l'avait vue lorsqu'il était entré pour la première fois dans les salons de l'impératrice dont elle était la demoiselle d'honneur favorite. Il suivait de ses yeux clairs l'adorable ligne de son corps, qui de la cheville montait jusqu'à la hanche ; le tissu de laine qui la vêtait lui semblait vivant et fluide ; il amollissait à peine les courbes délicates. Le bras nu dans la manche large était d'une blancheur laiteuse, et si fin au poignet ! Le coude s'enfonçait dans un coussin de velours jaune, riche et déteint ; des dentelles en collerette, la tête se dégageait et Nadège, immobile, blanche et blonde, sur le fond ambré du canapé sculpté et lambrissé semblait une hiératique figure de Giotto, peinte sur de l'or fin.

L'image d'une femme avait tenu la Chevalière éveillée toute la nuit et c'était bien la première fois que pareille aventure lui arrivait. Les jours qui suivirent, elle ne s'occupa guère des affaires graves qui constituaient sa mission diplomatique, et ce au grand désespoir de lord Douglas et à la grande joie de Betuscheff qui, pour peu que cela durât, voyait la cause de la France définitivement perdue. Ah ! s'il avait pu deviner la raison de cet étrange négligence.

L'intimité ne tarda pas à naître entre Nadège et la Chevalière. Elle comprit qu'elle avait fait naître cette fois encore chez la demoiselle d'honneur de l'Impératrice une sympathie et une amitié semblable à celle qu'elle avait tout d'abord trouvée à la Cour du Grand-Duc. Mais quant à lui, c'était l'amour, il n'en doutait plus, l'amour vrai, cette fois-ci, la passion toute puissante qui l'avait pris aux entrailles. Finie la Chevalière ! finis les travestis propices aux intrigues équivoques et en demi-teinte !... Quand il sut qu'elle place venait de prendre dans son cœur Nadège Stein, le chevalier d'Eon jugea qu'il ne pouvait honorablement faire face à l'amour redoutable et fort que de la façon dont il eut fait face à l'ennemi, c'est-à-dire sous la tunique glorieuse des dragons d'Autichamp...

VIII

« AU BON DROIT, VAINCRE OU MOURIR... »

Il était allé à elle, tout droit, dès qu'il l'avait vue par une de ces sympathies électives qui ne s'expliquent pas. Saura-t-on jamais, en effet, par quelles mystérieuse attirance d'épidermes ou plutôt par quelle vivante révélation, par quelle commune et brusque réalisation de l'idéal humain préétabli en chacun d'eux, deux êtres, qui ne se connaissaient pas la minute d'auparavant en viennent à la première rencontre, au premier regard, au premier mot, à se sentir invinciblement poussés l'un vers l'autre. Il avait été fasciné par la langueur caressante de ses grands yeux transparents, un peu tristes, d'un bleu atténué, pâli, sous des cils dont l'ombre s'allongeait sur ses joues. Elle ressemblait à ces blondes du Titien, au charme morbide et dolent de chlorotiques.

Et puis, elle était l'image si fidèle de Sophie-Charlotte ! Sans doute, le charme du souvenir avait contribué à l'attirer vers elle et qui sait s'il n'aimait pas en Nadège le reflet d'une autre ! Qui sait même si l'objet de sa passion tous les jours grandissante n'était pas une entité matérialisée et créée de toutes pièces par son cerveau, et composée des deux femmes réunies...

Ce grand séducteur dont les bonnes fortunes se comptaient par centaines éprouvait auprès de Nadège des émotions comparables à celles qui troublent le jouvenceau allant à son premier rendez-vous d'amour et il fut délicieusement heureux lorsqu'il crut remarquer que l'ardente amitié que Nadège commençait à lui montrer se changerait facilement en un sentiment plus tendre et plus ardent lorsqu'elle connaîtrait la vérité. Cette vérité là il était impatient de la lui dévoiler. L'occasion ne tarda pas à s'offrir.

D'Eon avait ses grandes et ses petites entrées dans les appartements de l'impératrice Elisabeth, au Palais d'Hiver, et plusieurs fois déjà il s'était trouvé avec Nadège dans un petit salon tendu de soie mauve que la jeune fille affectionnait particulièrement et qui ressemblait assez au boudoir du palais de Versailles où notre héros abusa de... la crédulité de Mme de Pompadour dans les circonstances que l'on sait.

Le jour décroissait rapidement et, assis à côté d'elle sur un divan moelleux, d'Eon goûtait depuis un instant le charme exquis d'une conversation très tendre.

— Il y a pourtant quelque chose qui m'a fort surpris, disait-il, lorsque je vous ai vue pour la première fois, et qui me surprend encore, c'est l'expression de tristesse qui ne vous abandonne jamais. Vous réalisez, en apparence, toutes les conditions pour être heureuse et pourtant, je gage que vous ne l'êtes pas.

— Vous ne vous trompez pas, mon amie, fit Nadège en s'efforçant de sourire.

— Mais alors, pourquoi ?

— Pourquoi ? parce que mon avenir, mes plus chers espoirs, et cette jeunesse qui est pour l'instant mon bien le plus précieux, je vais, demain, tout sacrifier à un homme que je hais et qui m'a choisie pour être sa victime et son esclave...

D'Eon avait eu un brusque haut-le-corps.

— Que voulez-vous dire ? Nadège...

— Je veux dire que dans quelques jours je serai la femme du grand favori Ivan Betuscheff.

— Betuscheff !... vous !...

Nadège ne put retenir ses larmes et, se couvrant la figure de ses mains, elle murmura entre deux sanglots :

— Mon Dieu ! ce jour-là, faites que je meure...

— D'Eon la prit dans ses bras et lui écartant doucement les mains :

— Vous, la femme de Betuscheff, vous, la proie de ce barbare à face de fauve ? oh ! ce n'est pas possible, entendez-vous, cela ne se sera pas !

— Et qui pourrait l'empêcher ?

— Moi.

— Vous ! une faible femme...

D'Eon l'interrompit.

— Détrompez-vous, Nadège. Au surplus, il serait indigne de moi de jouer plus longtemps auprès de vous une comédie qui serait une trahison et qui deviendrait odieuse, car je vous aime.

— Vous m'aimez?...

— Attendez... Je ne suis pas celle que vous croyez : je suis le chevalier d'Eon de Beaumont, capitaine au régiment des dragons d'Autichamp, et j'eus l'honneur, l'année dernière à la bataille de Rosbach, de charger une batterie prussienne et de sauver l'état-major du maréchal Soubise ; actuellement ambassadeur de Sa Majesté Louis XV, le costume que je porte n'est qu'une supercherie imaginée pour me faciliter l'accès de la Cour de Pétersbourg et pour m'aider à mener à bien, auprès de votre Souveraine, une mission diplomatique dont les détails ne vous intéresseraient guère. C'est un secret que je vous confie, Nadège, un secret qui n'aurait jamais dû être divulgué, mais qu'il ne m'est plus permis de taire près de vous, car, je vous le répète, je vous adore, et voilà pourquoi vous ne serez pas la femme de Betuscheff.

Nadège était devenue toute pâle ; elle s'était dégagée des bras du chevalier et une émotion extraordinaire, qui faisait se soulever sa gorge en mouvements précipités, s'était emparée d'elle. A cet instant — était-ce une illusion ? — d'Eon crut remarquer que l'expression mélancolique de tout à l'heure disparaissait pour faire place à une expression d'ineffable joie. Il l'attira à nouveau contre lui et il murmura

tout bas à son oreille des mots d'amour qu'il n'avait
encore jamais prononcés et qui trouvèrent facilement
le chemin du cœur de Nadège, parce qu'ils étaient
sincères.

— Et moi aussi je vous aime !...

Lorsque cet aveu, qu'il devina plutôt qu'il ne l'entendit, glissa entre les lèvres de son amie, d'Eon
goûta le premier instant de bonheur de sa vie. Il lui
prit les mains presque avec respect et il baisa tendrement le bras qu'elle lui abandonnait ; ses lèvres,
sous l'étoffe vague remontaient lentement vers
l'épaule, exaltant leur fièvre au contact de la peau
fraîche et de la fine odeur. Nadège, en sa chair sentait comme un sillon de feu creusé par le baiser.
Demi-rieuse, demi-chagrine, elle écartait le chevalier de sa main libre, mais il s'irrita de ce simulacre
de résistance, sa bouche avide brûla comme une
morsure, ses mains se crispèrent sur la fragile forme
étendue qui ne se défendait plus et, proie soumise,
haletait d'un désir de vie et d'amour maintenant à
l'unisson du sien. Son visage s'enfouit dans la robe
molle, sur le sein palpitant de son amie ; elle lui
emprisonna les tempes de ses doigts ardents et le
retint serré contre sa chair en détresse. Unis, ils
buvaient le silence, où ne s'entendait plus que le
sang sonore jailli de leur cœur en chaudes et tumul-
tueuses ondes...

Le chevalier d'Eon venait de chanter son premier
et véritable cantique d'amour et ce chant d'allégresse

créateur de vie, avait éveillé et fait tressaillir, au tréfonds de lui-même, des fibres inconnues.

Maintenant, avec son amie, il formait des projets d'avenir. Nadège, à force de ruse, avait réussi à faire reculer la date de son mariage avec Betuscheff, ce à quoi ce dernier avait consenti d'autant plus facilement qu'il avait cru remarquer que les sentiments de Nadège à son égard s'amélioraient de sensible façon. Enchanté de ce résultat, il accorda tout ce qu'on voulut. Ce que voulait d'Eon, lui, c'était gagner du temps afin de pouvoir mener à bien sa mission diplomatique pour laquelle l'appui de Betuscheff était indispensable. Cela fait, il n'aurait plus aucune raison pour laisser subsister le mystère dont il s'entourait et il se poserait alors ouvertement en rival du favori. Si, au dernier moment, l'entreprise devenait trop dangereuse pour les deux amants, il enlevait Nadège ou bien la faisait fuir avant lui.

Auparavant, il eut à se défendre contre les entreprises de plus en plus hardies de l'Impératrice Elisabeth. Malgré que cette respectable dame fut déjà sur le retour, son tempérament n'en avait pas moins conservé toute la fougue et toute l'ardeur de la jeunesse. Un soir, entre autres, il dut accomplir des prodiges d'adresse et faire appel aux ruses et aux ressources de son esprit inventif pour sortir sans danger de l'impasse où semblait vouloir l'acculer cette étrange impératrice qui ce soir-là avait bu un peu plus que de raison — ce qui, entre parenthèses, lui arrivait assez fréquemment. Le sommeil, heureusement était venu à son secours, et sous son empire l'autocratrice avait dû renoncer à la lutte. Il était temps...

Cette lutte, d'Eon la reprit un peu plus tard avec son amie qui maintenant lui était plus chère que la vie. La chambre de Nadège était presque contiguë à celle d'Elisabeth et la jeune fille y attendait le *chevalier* depuis deux longues et mortelles heures.

Cette chambre était luxueuse, toute lambrissée de satin mauve soutaché d'or ; le lit immense, carré, au chevet sculpté dressé haut sur le mur, enveloppé de soie ouvragée qui tombaient à plis fins, immaculés d'un dais énorme, lambrequiné d'antiques étoffes, chatoyantes, damassées, aux tons atténués et somptueux.

Le chevalier entra et, sans mot dire, il alla vers Nadège et l'attira contre lui. Leur baiser fut long, plein d'une ivresse point encore ressentie et qui semblait participer de l'imprévu des choses. Nadège avait le cœur gonflé, des mots d'adoration venaient mourir à ses lèvres qui pressaient, voraces, dévoreuses, celles de l'amant. Elle rendait le baiser, ses mains crispées aux épaules du chevalier, ses tempes palpitantes, ses oreilles en feu ; soudain, sur ses yeux noyés d'une buée légère, ses paupières battirent, puis se fermèrent, son corps se tendit, secoué tout entier par une intense vibration. On eut dit que le baiser la pénétrait toute, glissait sur ses épaules minces, au long de son corps en une ondulation lente, en une palpitation rythmée qui soulevait les

seins et faisait trembler ses paupières closes, et la
lassitude de l'étreinte les laissa un instant sans forces
comme abîmés dans une divine extase. .

— Les jours passent, ma bien-aimée, dit enfin le
chevalier, ma mission est sur le point d'être terminée et il va falloir songer au départ.

— Oui, mais je n'ose pas faire part du projet à
l'impératrice. Je ne suis plus libre et ce que nous
devons craindre surtout, c'est la vengeance de
Betuscheff.

— Eh ! que m'importe le Cosaque de malheur,
s'écria d'Eon en faisant un geste de colère ; je saurai
bien l'immobiliser, s'il bronche ; il ne me fait pas
peur...

— Sans doute... mais n'avez-vous pas, vous aussi,
des ménagements à garder, la prudence à conserver,
prudence que vous recommande votre situation et les
intérêts que vous avez à défendre ?

— Ah ! c'est vrai, fit d'Eon ; vous venez de me
rappeler mon devoir, mon pays et mon roi avant
tout. Ce que je fais en ce moment est déjà mal, car
je risque de perdre la cause de la France. Allons,
soit, employons la ruse. Existe-t-il, dans ce palais,
des gens en qui vous pouvez avoir confiance ?

— Oui, des serviteurs qui me sont dévoués corps
et âme.

— Alors, tant mieux, notre tâche n'en sera
que plus facile. Laissez-moi faire ; avec eux, dès
demain, je préparerai votre fuite à la barbe de
Betuscheff ; je vous rejoindrai promptement sur la

route de France, à votre première étape, et dans
quinze jours au plus, nous nous aimerons au pays du
soleil et des fleurs, loin des brouillards et des
frimas...

Il s'interrompit subitement sur un geste de Nadège;
elle lui avait fait signe d'écouter et elle-même tendit
l'oreille ; mais rien ne troubla le silence de la nuit,
silence si profond que les deux amants auraient pu
entendre les battements de leur cœur.

— Qu'y a-t-il ? fit d'Eon.

— Il me semblait avoir entendu un craquement
derrière cette porte, comme un bruit de pas étouffé...
je me suis trompée sans doute ; c'est que, voyez-
vous, avec un homme tel que Betuscheff, il faut toujours se tenir sur ses gardes ; s'il se doutait de quelque chose, nous serions perdus.

— Ne craignez rien, ma douce amie ; je comprends
que la crainte de voir échapper· le bonheur vous
cause des appréhensions chimériques, mais si jamais
un danger vous menace, n'oubliez pas que le chevalier d'Eon est près de vous et qu'il n'a pas encore
été vaincu.

Et comme pour redonner du courage à son amie,
il joignit à nouveau ses lèvres aux siennes dans un
baiser qui se prolongea longtemps, longtemps...

Le départ de Nadège pour la France fut décidé
pour la nuit suivante. Dans cet immense Palais
d'Hiver de Saint-Pétersbourg, ce départ risquait fort
de passer inaperçu, néanmoins les précautions les
plus minutieuses furent prises. Tous les détails en

avaient été réglés par d'Eon lui-même, aidé de quatre serviteurs attachés à la personne de Nadège et qui, en effet, lui étaient dévoués corps et âme.

L'itinéraire que devait suivre la troïka attelée de deux vigoureux chevaux fut dressé par le chevalier. Ainsi qu'il le lui avait dit la veille, il fut décidé qu'il rejoindrait son amie à Pskow première étape du voyage. La nuit était noire lorsque l'attelage franchit les grilles du parc impérial et d'Eon, au préalable, s'était assuré que les alentours étaient déserts.

Le chevalier reprit lentement le chemin du palais. Il monta au premier étage où se trouvait le boudoir de Nadège, encore tout imprégné de son parfum et où il avait goûté, la veille encore, de si exquises joies ; des bougies achevaient de se consumer dans les candélabres et emplissaient la pièce d'une lueur diffuse, atténuée, projetant des ombres fantastiques sur les choses.

— Sapristi, je crois que la tête de ce brave Betuscheff sera curieuse à contempler demain, fit joyeusement le chevalier, en franchisant le seuil du boudoir.

— Vous croyez ? fit une voix à côté de lui.

D'Eon fit un bond en arrière.

— Tonnerre ! il y a quelqu'un ici !... s'écria-il.

La silhouette d'un homme, en effet, se profilait sous l'ombre, dans un des coins de la chambre.

Le chevalier s'était avancé et s'emparant d'un flambeau, il l'éleva au-dessus de la tête.

— Betuscheff ! balbutia-t-il.

Il venait de reconnaître son ennemi.

— Lui-même... et vous ne m'attendiez guère, n'est-ce pas ? beau chevalier ravisseur de gentes demoiselles. C'est pour accomplir de pareils exploits que vous ne rougissez pas de vous affubler d'un aussi ridicule déguisement ? Toutes mes félicitations, Monsieur... Au fait, monsieur ou madame ?

D'Eon bondit sous l'insulte.

— Misérable ! s'écria-t-il, et il fit un pas en avant comme s'il allait s'élancer sur son rival.

Mais Betuscheff, les bras croisés et le regard méprisant :

— Allons donc ! vous n'avez pas d'épée au côté.

Le chevalier s'arrêta et, d'une voix que la fureur — fureur impuissante — faisait trembler.

— Après tout, que m'importent vos injures ; je les méprise presque autant que vous. Si j'ai revêtu ce déguisement, honteux peut-être, c'est pour mieux servir mon roi et ma patrie, après les avoir déjà servis d'une autre façon dans le fracas de la bataille, dont l'écho n'est peut-être même jamais parvenu à vos oreilles.

— Vous appelez cela servir votre patrie que de séduire une jeune fille innocente que vous saviez destinée à un autre et de l'enlever ensuite ? Si, comme vous le dites, ce déguisement était une ruse exigée par les intérêts de votre pays, vous ne deviez pas vous en servir personnellement pour commettre une infamie.

— Et vous, trouvez-vous donc plus loyal de vous

servir de votre toute-puissance passagère pour opprimer, faire souffrir et rendre esclave pour la vie cette jeune fille innocente dont vous parlez ? La voilà, la véritable infamie ! Et quand bien même, je n'en devrais retirer aucune récompense, je serai heureux d'en avoir empêché l'accomplissement. Nadège est venue vers moi comme le naufragé va vers son sauveur et grâce à moi, elle roule maintenant sur la route de France, à l'abri de vos atteintes.

— Sur la route de France, dites-vous ? fit Betuscheff avec un sourire énigmatique.

— Oui, vers Paris.

— Vous vous trompez, Monsieur ; la voiture a bifurqué, et maintenant elle roule sur le chemin qui conduit tout droit en Sibérie.

Le chevalier était devenu livide. Il eut peur de comprendre.

— En Sibérie ? que voulez-vous dire ? Oh ! vous n'avez pas fait cela... c'est impossible.

— Et pourquoi donc ? Vous n'avez pas voulu que Nadège soit mienne, moi je n'ai pas voulu non plus qu'elle vous appartienne. N'est-ce pas un droit équivalent à celui que vous vous êtes arrogé ? Pour trancher la question, j'ai décidé qu'elle n'appartiendrait à personne et je l'ai dirigée vers un tombeau où l'on entre vivant et d'où l'on ne sort que dans un cercueil, lorsque l'âme est partie...

Pour la première fois de sa vie, d'Eon trembla ; il sentit une sueur froide lui mouiller les tempes ; tou-

tefois il eut assez d'énergie pour ne pas laisser paraître son trouble.

— Mais, c'est infâme ce que vous avez fait là,
Monsieur, prenez garde ! Etes-vous sûr de posséder
toujours le pouvoir que vous détenez actuellement ?
Vous savez comme moi, n'est-ce pas combien sont
fragiles les bases sur lesquelles il repose. Et qui vous
dit que, par les mêmes moyens, je ne vous rempla-
cerai pas un jour dans le boudoir de la tsarine ?
Alors, malheur à vous !

Betuscheff sourit ironiquement et laissant peser
son regard de fauve sur le chevalier :

— Trop tard... l'occasion vous en fut offerte, vous
l'avez laissée échapper et vous ne la retrouverez
plus. Vous voyez que je suis bien renseigné, monsieur le chevalier.

D'Eon sentait la colère, une colère aveugle, le
gagner peu à peu ; il fit un mouvement comme s'il
allait sauter à la gorge de son ennemi, mais hélas !
encore une fois le sentiment de son impuissance le
rappela à la triste réalité. L'image de sa patrie
passa devant son regard trouble et il se souvint qu'il
n'était que l'humble serviteur de ce roi auquel il
avait juré fidélité et dévouement. Il avait une mission
à remplir, un devoir sacré auquel il ne faillirait
jamais et devant lequel devaient disparaître toutes
les autres considérations humaines.

Il se dirigea vers la porte.

— Soit ! dit-il les dents serrées ; Ivan Betuscheff,
tu triomphes aujourd'hui, mais prends garde à de-

main. Je te retrouverai un jour, et ce jour-là malheur à toi !...

— Peut-être...

— Je te retrouverai, je te le jure sur l'épée dont j'ai été obligé de me séparer aujourd'hui et qui te fera expier ton crime demain. Grave en ta mémoire ma devise ; elle est inscrite sur la lame : « Au bon droit. Vaincre ou mourir. »

IX

OU L'ON VOIT SE VÉRIFIER UNE FOIS DE PLUS L'EXACTITUDE DU VIEUX PROVERBE QUI AFFIRME QUE SOUVENT TEL EST PRIS QUI CROYAIT PRENDRE...

Momentanément, d'Eon devait être vaincu.

Betuscheff avait menti lorsqu'il lui avait dit que sa victime, la pauvre Nadège avait été emmenée sur son ordre vers les bagnes Sibériens. La vérité est que sa passion pour la jeune fille était trop violente pour qu'il y renonçât ainsi de gaieté de cœur et qu'il la sacrifiât à son désir de vengeance. La trahison l'avait encore accrue et l'avait rendue bestiale. C'est sur d'Eon qu'il voulait se venger et c'était lui, lui seul, pour l'instant, qui devait supporter le poids de sa colère.

Ce qu'il voulait, c'était d'abord supprimer l'obstacle, c'est-à-dire d'Eon, qui, tant qu'il serait à Pétersbourg, il le comprenait bien, serait une barrière infranchissable entre lui et Nadège. Mais comment

faire ? Betuscheff était un homme à ne reculer devant rien et dans sa cervelle frustre de montagnard à demi-sauvage, l'idée d'un assassinat se présenta tout d'abord ; mais dans la ville, chez l'ambassadeur, il n'y fallait point songer ; il devait être sur ses gardes et il savait qu'on veillait sur lui.

Betuscheff avait eu cette pensée le premier jour, alors qu'il était sous le coup de la fureur causée par la trahison de celle qu'il aimait d'une passion de fauve. Mais à la réflexion, elle perdit quelque peu de sa consistance. Il mesurait maintenant toute l'étendue et toutes les conséquences que pourrait avoir pour lui un tel forfait, s'il le mettait à exécution.

D'abord, c'était la disgrâce, pour le moins, car il avait encore menti en disant à d'Eon qu'il ne pourrait plus rentrer en grâces auprès de l'impératrice, ayant manqué l'occasion une première fois. Il savait bien, lui mieux que personne, que sa respectable souveraine était plutôt tenace, lorsqu'un désir la tenaillait, et qu'elle n'y renonçait jamais avant de l'avoir satisfait, coûte que coûte.

Ensuite, une telle action ne pouvait manquer d'avoir des conséquences diplomatiques qui embarrasseraient fort le cabinet de Pétersbourg et ces embarras joints à la déception causée à Elisabeth, pourraient bien amener cette dernière à faire rechercher l'instigateur — c'est-à-dire à le découvrir — et à lui faire expier le crime.

Il n'y fallait donc pas songer non plus.

Il n'y avait qu'un moyen, c'était de supprimer

momentanément son rival, pour un temps qu'il mettrait à profit en recommençant le siège de Nadège.

Cette fois, il croyait avoir plus de chance de réussite, car il n'aurait pas de peine à faire croire à la
pauvre fille que si d'Éon l'avait abandonnée, c'était
uniquement parce qu'il avait peur et que s'il s'était
enfui, c'était parce qu'il faisait passer sa sûreté
personnelle avant son amour.

Mais le moyen de s'en débarrasser ?

Betuscheff chercha longtemps et finit par imaginer
l'histoire du départ de Nadège pour l'exil.

Il s'était dit, ce qui n'était pas trop bête pour un
cosaque que lorsque d'Éon apprendrait la nouvelle,
après le premier moment de désespoir, sa première
idée, qu'il mettrait à exécution serait de s'élancer
sur les traces de Nadège, afin de la reprendre à ses
ravisseurs.

La route qu'il lui avait indiquée comme étant celle
suivie par l'escorte était accidentée, ravinée, et on
ne peut plus propice à un guet-apens. Rien ne lui serait
donc plus facile que de surprendre d'Éon et de s'emparer de sa personne, après on verrait.

Tout arriva comme Betuscheff l'avait pensé.

D'Éon, son ennemi parti, passa le reste de la nuit
dans des transes épouvantables. Il jurait, sacrait et
tempêtait d'une façon peu en harmonie avec son
accoutrement féminin. Mais il n'était pas homme à se
laisser longtemps abattre par le découragement, et
sa nature énergique avait tôt fait de renverser des

obstacles qui, pour toute autre nature moins bien trempée, eussent paru insurmontables.

Ah ! on voulait lui enlever par la force l'objet de son amour ! Cela avait pu se faire à son insu, lâchement, au moyen de quelque guet-apens sans doute. Mais, lui en travers de la route, il ne voyait pas bien comment la chose eut pu s'accomplir.

Peut-être n'était-il pas trop tard.

Cette phrase, dubitative tout d'abord, ne tarda pas à se formuler affirmativement dans son cerveau, et de là à décider de s'élancer sur les traces de celle qui lui était plus chère que sa vie, il n'y avait qu'un pas qu'il eut vite franchi.

Au point du jour, il fit appeler deux des hommes faisant partie de sa garde particulière, deux mousquetaires de son ancien régiment qu'il avait amenés avec lui et dont il connaissait la bravoure à toute épreuve. Il ne voulait pas donner l'éveil en emmenant une troupe plus nombreuse et il avait jugé que ces deux aides lui suffiraient.

Son plan était d'opérer plutôt par surprise et d'enlever Nadège nuitamment et par ruse.

Au point du jour il se mit à leur tête et tous trois sortirent sans se presser, à une allure qui n'attirait point l'attention, de la capitale de Pierre le Grand, au moment où les premiers rayons du soleil levant faisaient étinceler le dôme du château Saint-Ange.

Mais ils n'eurent pas plutôt franchi les portes, que sur un signe de d'Eon, les trois cavaliers s'élancèrent bride abattue dans la direction prise soi-disant par Nadège et son escorte.

Après une heure d'une course insensée, ils firent irruption dans le village d'Irnew, situé à plus de vingt verstes de Pétersbourg. Leurs chevaux étaient fourbus.

Ils mirent pied à terre, dans une auberge, et interrogèrent quelques paysans. Aucun d'eux n'avait vu passer l'escorte et nul uniforme n'avait été vu à Irnew depuis de longs mois. Cela parut étrange à d'Eon.

— Mais, demanda-t-il au patron de l'auberge, est-ce que par hasard il y aurait un autre chemin conduisant à la frontière Sibérienne ?

— Il n'y en a pas, monseigneur, répondit l'homme.

— Tu en es bien sûr ?

— Oui. Il y a bien une autre route à quelques verstes d'ici, sur la gauche, mais le trajet à effectuer serait beaucoup plus long et du reste à cette époque de l'année, cette route est impraticable pour des cavaliers et encore plus pour des carrosses.

D'Eon était de plus en plus perplexe.

— Ces manants n'auront rien vu et rien entendu, murmura-t-il. Cela peut s'expliquer à la rigueur si le cortège est passé la nuit. Du reste, il faut qu'il en soit ainsi.

Il attendit avec une impatience fébrile que les jambes des chevaux fussent remises en état par le repos indispensable et, aussitôt, les trois hommes se remirent en selle et reprirent leur course.

Ce fut une randonnée vertigineuse coupée de haltes, les plus courtes possible, qui dura toute la journée.

La nuit venait et maintenant ils se trouvaient au milieu d'une forêt, sur une route escarpée, encaissée, entre deux monticules couverts de buissons et de sapins gigantesques.

L'endroit était plutôt lugubre.

D'Eon commanda la halte, la dernière de la journée, et décida de passer la nuit dans un des enfoncements de cette route qui leur formait une sorte d'abri naturel. Depuis le matin ils n'avaient vu âme qui vive.

D'Eon, qui avait fait toutes les suppositions imaginables sans s'arrêter à aucune, commençait à croire que Betuscheff l'avait trompé, que, devinant ses intentions, il l'avait égaré à dessein. Il était fort probable, maintenant, qu'il avait dû faire conduire sa victime ailleurs, qui sait même si elle avait quitté Saint-Pétersbourg ? Dans tous les cas, il était bien évident maintenant que si elle avait pris le seul chemin qu'elle pouvait prendre, si Betuscheff avait dit vrai, il y a longtemps que lui, d'Eon, l'aurait rejointe.

Le chevalier, en proie à une rage impuissante, décida de rebrousser chemin le lendemain, bien résolu, au retour, à tordre le cou de Betuscheff. A ce moment, il avait complètement oublié et le roi de France et la mission diplomatique.

Les trois hommes, l'appétit éguisé par cette course désordonnée, commencèrent tout d'abord par dévorer à belles dents les provisions qu'ils avaient apportées avec eux de l'auberge.

Puis ils disposèrent les couvertures pour passer le mieux commodément du monde la nuit dans l'espèce de grotte qui leur servait d'abri, puis devant la porte ils allumèrent un feu ardent, car la nuit était glaciale.

— C'est égal, fit le chevalier, il ne serait peut-être pas prudent de nous endormir ainsi tous les trois. Peut-on savoir... A tour de rôle, toutes les deux heures, l'un de nous ira prendre la garde auprès du feu, qu'il entretiendra tout en surveillant les alentours. Fanfan, ajouta-t-il en s'adressant à l'un des deux mousquetaires, à toi l'honneur.

Ce disant, il se mit en devoir de s'étendre au fond de la grotte, emmitouflé dans ses couvertures et son compagnon à quelque distance ne tarda pas à en faire autant, tandis que Fanfan, commodément assis auprès du feu et armé jusqu'aux dents veillait, l'oreille aux aguets.

Comme la jeunesse ne perd jamais ses droits, d'Eon et le soldat commencèrent à préluder aux premiers accords d'une symphonie ronflante.

Fanfan, que la bienfaisante chaleur du foyer engourdisait peu à peu dans une inconsciente torpeur, attendait avec impatience l'instant où il lui serait permis de somnoler à son tour.

—Bah ! murmura-t-il, je me demande quel danger nous pouvons bien courir dans ces solitudes ; la visite d'un loup, ou deux, peut-être... la belle affaire ! vraiment notre lieutenant exagère et il aurait bien pu me laisser dormir.

Et, en manière de protestation, il se laissait de plus en plus envahir par une quasi somnolence.

Tout à coup un craquement léger qui eut passé inaperçu pour toute oreille moins exercée que la sienne, lui fit dresser la tête ; comme il ne dormait que d'un œil, il l'ouvrit tout grand et scruta l'horizon. Mais la nuit était plus noire que l'âme de Betuscheff et elle s'était replongée dans l'absolu silence d'où l'avait tirée pour une seconde une branche qui s'était rompue, sans doute, ou quelque caillou roulant sur le talus.

Fanfan qui, placé comme il était, en plein centre des rayonnements du foyer, eut été incapable de distinguer quoi que ce fut à un mètre de distance, Fanfan laissa peu à peu retomber sa paupière sur le globe visuel, ce qui était imprudent, tout en continuant de demeurer assis en pleine lumière, ce qui l'était davantage encore.

Un laps s'écoula et le moment arrivait où il allait pouvoir réveiller son camarade qui devait lui succéder, lorsque, tout à coup, cinq ou six hommes auxquels la flamme donnait des allures de fantômes, apparurent comme s'ils sortaient de dessous terre, et, se précipitant sur Fanfan, ils le ligottèrent et le baillonnèrent, sans qu'il ait eu le temps et la possibilité de faire le moindre mouvement ni de pousser le moindre cri.

Puis, rejoints par un nombre égal d'autres individus

ils se dirigèrent sous la grotte et procédèrent à la même opération sur d'Eon et sur l'autre soldat, avec d'autant plus de facilité que les deux hommes dormaient toujours à poings fermés.

L'opération, admirablement conduite, avait duré deux minutes à peine.

Les assaillants étaient masqués, mais d'Eon que la rage étouffait encore plus que le bâillon qui lui comprimait la figure, savait à qui il avait affaire.

Les trois corps gisaient maintenant, inertes, au fond de la grotte et les estaffiers, sans plus s'occuper d'eux attendirent tranquillement le lever du jour tout en fumant et en causant avec une indifférence parfaite, ce qui semblait signifier que la chose qu'ils venaient d'accomplir leur paraissait toute naturelle. Cette façon de procéder augmenta encore si possible, la fureur impuissante de d'Eon.

Lorsque les premières lueurs du soleil levant dorèrent les cîmes des sapins, quelques hommes s'éloignèrent puis revinrent peu après avec des brancards sur lesquels on installa les prisonniers qui furent emmenés, encadrés par la petite troupe, vers une destination inconnue à travers la forêt.

Après un trajet de quelques centaines de mètres, on arriva au milieu d'une clairière où se trouvait une tente, un carrosse d'aspect confortable et une douzaine de chevaux qui piaffaient, attachés aux arbres — les chevaux de ces messieurs.

On introduisit les trois hommes sous la tente où on les disposa avec beaucoup d'égards et de précautions, les uns à côté des autres, et toute la troupe, sauf un homme qui était sans doute chargé de la garde des chevaux et auquel on adjoignit celle plus facile des prisonniers, s'éloigna et disparut sous la forêt.

Où allaient-ils ? D'Eon n'avait pu le savoir, malgré qu'il eut prêté une oreille attentive à leurs conciliabules faits pendant un instant à voix basse. Il avait seulement entendu lorsque celui qui paraissait diriger l'expédition avait dit à l'homme que leur absence durerait une heure environ. Ce détail, ne l'intéressa guère sur le moment : il devait en être tout autrement un peu plus tard.

A peine les estaffiers s'étaient-ils éloignés que Fanfan commença à se livrer à un manège qui intrigua fort d'Eon, étendu à ses côtés. Il commença de remuer d'abord les jambes, puis les bras, insensiblement et progresssivement, et son torse qui se gonfla sous une inspiration prolongée, tendit les courroies à les briser. Il y avait dans ces mouvements une sorte de rythme qui stupéfiait d'autant plus le chevalier qu'il lui aurait été impossible de faire le moindre mouvement ; s'il l'avait pu, comme Fanfan, il aurait, lui, déjà brisé les cordes ; ce phénomène bizarre n'était donc point le résultat de la force physique.

Une seconde, l'homme de garde passa devant la tente, Fanfan devint immobile ; lorsqu'il eut disparu, il reprit son étrange manège.

Peu à peu, les mouvements de Fanfan devinrent plus libres, plus aisés ; le bras droit, sur lequel portaient surtout ses efforts, glissa peu à peu le long du corps et d'un seul coup il se débarrassa des anneaux qui l'encerclaient. La main une fois libre, le reste ne fut plus qu'un jeu, et en quelques secondes Fanfan était sur pied.

Avisant un couteau dans un coin de la tente, il s'en empara et, précipitamment, il délivra le Chevalier et son troisième compagnon.

— Maintenant, dit-il à voix basse à d'Eon, il ne me reste plus qu'à leur rendre la monnaie de leur pièce, en la personne de leur représentant qui se dirige la-bas. Tenez, le voilà qui vient justement de ce côté.

— Je m'en charge, fit d'Eon en s'emparant du poignard qui avait servi à Fanfan tout à l'heure.

— Non, mon lieutenant, dit Fanfan, nous allons le ficeler, lui aussi, comme nous tout à l'heure ; croyez-moi, ce sera bien plus drôle !

— Au fait, tu as raison. Attention, alors, le voilà.

D'un même élan, les trois hommes bondirent sur le gardien qui s'effondra sous le choc et avec leurs propres liens ils le ficelèrent comme un saucisson et le baillonnèrent.

Il n'avait pas articulé le moindre son, lui non plus, mais il est vrai que la stupeur lui avait cloué les lèvres bien avant que le baillon n'y fut appliqué.

— Et maintenant, filons ! s'écria Fanfan.

— Pas avant d'avoir attelé, répondit d'Eon ; du reste nous avons une heure devant nous, ils ont eu l'impru-dence de m'en avertir tout à l'heure. Tu admettras bien que nous ne pouvons pas leur laisser leurs che-vaux, d'abord parce qu'ils pourraient nous reprendre

avec et ensuite parce que ce sont de forts belles bêtes
dont quelques-unes feront le meilleur effet dans mon
écurie. Nous allons en atteler quatre au carrosse, qui
me semble moelleux à souhait et où je me délasserai
un instant de mes fatigues de cette nuit et les sept
autres, tu les conduiras derrière en postillon. Quant
à nos hôtes, ils reviendront à Pétersbourg, 52 kilomètres ! excellent exercice par un temps froid....

Ce qui fut dit fut fait et le soir même le Chevalier
d'Eon faisait son entrée au grand galop dans Pétersbourg, conduit dans un carrosse attelé à la Daumont
et suivi d'une escorte de sept superbes chevaux aux
naseaux fumants et conduits en liberté par le collègue
de Fanfan !...

Retournons un instant auprès de Betuscheff.

Ne doutant pas une seconde que son plan ne fut en
bonne voie d'exécution il avait aussitôt dressé ses
batteries en vue de s'emparer définitivement et sans
espoir de retour de la pauvre Nadège.

Avant, il avait eu le soin de faire préparer un appartement aussi confortable que secret dans un des
coins les plus reculés du château Saint-Ange. Il savait
que lorsque les portes de cette bastille russe s'étaient
refermées sur un prisonnier, il était bien difficile de
les faire ouvrir et il se disait qu'une fois dans cette
redoutable forteresse, d'Eon n'en sortirait que lorsque, lui, Betuscheff en donnerait l'ordre. Mais pour
cela il fallait un ordre écrit de Sa Majesté l'impératrice et cela n'était pas chose facile.

Betuscheff chercha longtemps un moyen et il finit
par le trouver.

Il savait que les sentiments de la Souveraine vis-à-vis du Chevalier marquaient toujours une température torride dans le thermomètre de l'amour, mais il savait aussi que l'amour, surtout la passion de cette sorte, était singulièrement proche de la haine et que ces deux sentiments se confondaient parfois de si parfaite façon dans notre pauvre cœur, qu'il était difficile de les distinguer l'un de l'autre. Le frustre Betuscheff, on le voit, ne manquait point de psychologie.

Il résolut donc de dresser ses batteries dans ce sens, persuadé que la Souveraine entrerait dans une de ces colères noires qu'il ne connaissait que trop, lorsqu'elle serait enfin convaincue que tout espoir se serait envolé pour ne plus revenir.

Il fut reçu un matin par Elisabeth, à l'issue d'une séance du conseil des Ministres.

— Vous vieillissez, mon ami, observa l'impératrice à brûle-pourpoint lorsqu'elle se trouva avec son ancien favori.

Cette remarque fut particulièrement désagréable au Cosaque.

— Que voulez-vous, Majesté, je subis le sort commun à bien des gens.

Elisabeth sourit. Elle était ravie d'avoir vexé Betuscheff.

— Mais à propos, dites-moi, où en sont vos affaires avec la petite Nadège ?

Cette question enchanta Betuscheff et le paya de la remarque ironique précédente.

— Ah ! ah ! nous y voilà, pensa-t-il.

Et, tout haut :

— Elles sont présentement comme l'escargot, répondit-il, elles reculent au lieu d'avancer.

— Comment! après les fiançailles? mais alors, qu'est-ce que cela veut dire? Décidément mon pauvre ami, vous auriez dû aller prendre quelques leçons auprès des Lauzun, des ducs de Richelieu ou des chevaliers de Faublas et demander quelques-uns de leurs secrets à ces grands séducteurs, ou, à défaut, quelques gouttes du philtre d'amour qu'ils doivent posséder. Pauvre Betuscheff!

— Raille tant que tu voudras, va, continua le Cosaque à part lui, j'aurai mon tour tout à l'heure.....

— Pourtant, ajouta la Souveraine, les choses étaient trop avancées pour qu'elles puissent s'arrêter ainsi, quelque événement extraordinaire s'est produit, sans doute, quelque obstacle imprévu....

Bétuscheff l'interrompit.

— Vous l'avez dit, Majesté, un obstacle imprévu, mais que je renverserai, soyez-en certaine, un rival dont j'aurai raison, foi de Betuscheff !

— Ah ! et y a-t-il indiscrétion à vous demander son nom ?

— Pas le moins du monde, d'autant plus que vous le connaissez aussi bien que moi.

— Vraiment ? et on le nomme ?...

— Le chevalier d'Eon.

Elisabeth sursauta. Elle crut avoir mal entendu.

— Vous dites?

Sa Seigneurie le chevalier d'Eon, répéta le Cosaque.

Au dépit que lui apporta cette nouvelle vint se

joindre une stupéfaction profonde en entendant l'appellation masculine donnée à celui dont elle croyait être la seule à connaître le véritable sexe.

— Comment le chevalier ? Vous voulez rire... c'est de la chevalière dont il s'agit ?...

— Non point ; il s'agit de monsieur le chevalier d'Éon de Beaumont, ancien lieutenant aux dragons d'Autichamp et présentement ambassadeur extraordinaire, quoique travesti, auprès de notre gracieuse souveraine Élisabeth de Russie...

Et il raconta tout au long, sans omettre le moindre détail, la scène qui s'était déroulée entre Nadège et le chevalier, presque dans la propre chambre de l'impératrice, duo d'amour auquel nous avons assisté.

Durant ce récit, Élisabeth pâlissait et rougissait tour à tour, suivant qu'elle se trouvait sous l'influence de la colère ou du dépit.

Betuscheff observait l'impératrice et il voyait arriver avec joie l'instant où elle allait bientôt arriver au point où il avait voulu l'amener.

— Eh bien ! c'est du propre ! fit-elle lorsqu'il eut terminé.

— N'est-ce pas ? Que voulez-vous, Majesté, nos climats sévères ne sont point favorables à l'éclosion des grands séducteurs dont vous parliez tout à l'heure, et quand par hasard il s'en égare un chez nous, il lui est impossible de nous communiquer le secret de ses séductions...

Élisabeth comprit l'allusion et fronça les sourcils.

— Betuscheff ! fit-elle.

Le Cosaque s'aperçut qu'il était allé trop loin.

— Quoiqu'il en soit, s'empressa-t-il d'ajouter, je n'ai pourtant pas l'intention de me laisser berner comme un amoureux de comédie. Nadège m'appartient et je n'entends pas qu'un intrus, fut-il ambassadeur, se permettre de me ravir ainsi ce qui est à moi.

— Hélas ! mon pauvre ami, voilà une propriété qui repose sur des bases bien fragiles. Auriez-vous par hasard l'intention de réprimer les élans du cœur et ne savez-vous pas que celui de la femme est plus changeant que les flots de la mer ?

— Vous le savez mieux que moi, eut envie de répondre Betuscheff ; mais, heureusement, il se retint.

— Si, dit-il, je le sais, mais ce qu'on ne peut m'enlever, c'est la vengeance et puisqu'il ne me reste que ce suprême argument, je l'emploierai.

— Je vous approuve pleinement, fit la Souveraine qui avait fait *in petto* et depuis longtemps déjà la même réflexion, mais comment l'entendez-vous ?

— Oh ! c'est bien simple, avec votre permission je vais faire transporter l'infidèle en Sibérie et afin que le semillant lieutenant ne soit point tenté de courir après elle et de la ramener, je le ferai mettre en cage pour quelques jours au château Saint-Ange, d'où nous le sortirons avec forces excuses en lui persuadant qu'il fut l'objet d'une regrettable méprise.

— Très bien, Betuscheff, très bien, s'écria Elisabeth que cette combinaison enchantait, attendu qu'elle avait pour but d'éloigner à jamais une rivale qu'elle était loin de soupçonner, tout en mettant à nouveau d'Eon sous sa main. Elle ne doutait pas que le chevalier, au bout de peu de temps, aurait vite fait d'oublier cette passion d'un jour. Préparez-moi une lettre de cachet et un ordre d'exil, ajouta-t-elle.

Un éclair de joie passa dans le regard du Cosaque.

— Voilà qui est fait, dit-il.

Et il tendit à l'impératrice, deux parchemins au bas desquels elle apposa son sceau.

— Maintenant, fit-elle, je n'ai pas besoin n'est-ce pas, de vous ordonner la plus extrême prudence vis-à-vis du chevalier. La partie que vous jouez est dangereuse, songez-y et surtout faites en sorte de ne pas m'attirer de désagréments d'ordre politique, je vous en ferais supporter les conséquences.

— Soyez sans crainte ; rien de plus facile que d'imaginer un bon petit complot contre la sûreté de l'Etat d'arrêter une demi-douzaine de hauts personnages parmi lesquels sera compris par méprise monsieur l'ambassadeur. Nous offrirons toutes les réparations nécessaires après. Du reste, à la forteresse, je lui ferai donner mon ancienne chambre. Il n'y sera pas mal.

Betuscheff avait atteint son but. Mais ce qu'il s'était bien gardé de dire à la Souveraine, c'est que sa passion pour Nadège était trop violente pour qu'il la plongeât ainsi, sans luttes, au fond des bagnes Sibériens. Il était bien résolu à n'employer cet argument suprême, comme il le disait, qu'à la dernière extrémité. Avant de considérer Nadège comme définitivement perdue pour lui, il fallait épuiser toutes les ruses et tous les moyens. Ce qu'il fallait surtout c'était la séparer du chevalier.

On vient de voir comment il s'y était pris.

Pendant que ses estaffiers, par une direction détournée, partaient à la poursuite de d'Eon qu'ils devaient rencontrer à un point fixé et qu'ils rencontrèrent en effet dans les déplorables conditions que l'on connaît, Betuscheff s'était rendu auprès de Nadège qui dans sa chambre, passait son temps à prier et à sangloter.

Lorsqu'elle l'aperçut, elle eut un mouvement de recul involontaire.

— Oh ! ne craignez rien, fit le Cosaque avec un sourire amer, je ne viens pas vers vous animé de mauvaises intentions. Quand donc cesserez-vous de me considérer comme un sauvage ?

— Quand vous cesserez de vous présenter comme tel devant moi.

— Vous êtes dure. Injuste aussi, car vous me méconnaissez et vous méconnaissez encore davantage celui que vous me préférez.

— Que voulez-vous dire ?

— Je veux dire que celui-là n'est pas digne de votre amour.

Pour toute réponse, Nadège eut un sourire d'inexprimable dédain.

— Attendu, continua Betuscheff, que ce matin, supposant sans raison et tout à fait gratuitement que sa sûreté personnelle pouvait être menacée, il s'est empressé de fuir faisant bon marché de son soi-disant amour et lui préférant, en homme pratique, sa sûreté personnelle.

— Vous mentez ! s'écria Nadège qui était devenue extrêmement pâle.

— Je dis la vérité, Nadège, et je puis vous en donner la preuve.

— Vous mentez, vous dis-je, et quand bien même vous m'en donneriez la preuve, je ne vous croirai pas. Lui, coupable d'une telle trahison ? Allons donc ! S'il en est ainsi, c'est qu'il a été victime de quelque machination de votre part. C'est vous qui êtes un lâche et un infâme. Qu'en avez-vous fait ?... Oh ! mon Dieu ! je l'aime, entendez-vous, et continuerais de l'aimer même malgré la trahison, malgré l'infamie ; et vous, je vous hais !...

Nadège se tenait droite devant lui, belle de colère et d'indignation, étouffant de passion contenue.

Betuscheff, cette fois comprit que tout était perdu. La dernière injure de sa malheureuse victime fut la goutte d'eau qui fit déborder le vase et il eut une explosion de fureur, sa nature sauvage reprenant le dessus.

— Puisqu'il en est ainsi, hurla-t-il, malheur à vous !

Et il sortit précipitamment ; mais sur le seuil de la porte, dans la rue, il s'arrêta, cloué au sol par une inexprimable stupeur. Ses yeux grands ouverts regardaient sans le voir, eut-on dit, le chevalier d'Eon tournant au grand galop le coin de la rue dans le somptueux et bizarre équipage que l'on sait.

Revenu de son ahurissement, il comprit tout. Cette fois, il n'y avait plus une seconde à perdre, s'il ne voulait pas voir lui échapper sa vengeance et, deux heures après, l'ordre d'exil de Nadège était exécuté.

La malheureuse, affolée de douleur, n'opposa pas la moindre résistance. Elle allait vers la mort comme à la délivrance.

Quant à la rusée Elisabeth — encore plus rusée parce qu'amoureuse — elle connaissait son Betuscheff, et comme sa confiance en lui était très limitée, elle le fit espionner, minute par minute, depuis l'instant où il franchit le seuil du palais. Et Dieu sait si sa police était bien faite ! Si bien faite qu'elle connut presque aussitôt l'entrevue de Nadège et du Cosaque, ainsi que le résultat, l'arrestation de Nadège, et l'arrivée sensationnnelle du Chevalier. Ce dernier événement eut le don de porter sa joie à son comble tout en haussant encore d'Eon dans son estime. Quel benêt que ce Betuscheff et quelle piètre physionomie à côté de celle de la Chevalière Flamberge ! Nous connaissons la métamorphose que subissait invariablement chez Elisabeth tout sentiment flatteur qui se manifestait chez elle pour un être d'un sexe opposé au sien... Coûte que coûte, maintenant, il lui faudrait connaître le degré de supériorité de d'Eon sur Betuscheff, en amour ; sans conteste, il devait lui être infiniment supérieur. Elle crut, cette fois, avoir enfin trouvé un moyen, quand bien même, hélas ! la première expérience ne devrait pas être suivie d'une seconde...

Elle fit en sorte que d'Eon fût averti de l'exil de Nadège et elle fit également donner l'ordre à Betuscheff de se tenir tranquille vis-à-vis du Chevalier, sous peine de mort.

X

POUR L'AMOUR ET POUR LA PATRIE !...

Le chevalier ne devait pas tarder à mettre sa menace à exécution.

Un instant accablé par l'immense désespoir que lui avait causé la nouvelle du guet-apens de Betuscheff, il se ressaisit vite et, sa nature énergique et résolue reprenant le dessus, il passa une partie de la nuit à ruminer dans sa tête toutes sortes de projets ayant pour but d'apporter remède à la situation. Il fut obligé de les abandonner les uns après les autres comme inefficaces et vains, et la situation lui apparut désespérée.

Un scandale eut peut-être réussi à sauver son amie, mais il eut nui à sa mission diplomatique et le devoir lui interdisait d'employer un tel moyen. Il devait se taire.

Considérant la partie comme à peu près perdue pour lui il commençait, pour la première fois de sa vie, à se laisser gagner par le découragement, lorsque, un soir, l'impératrice Elisabeth le fit mander chez elle.

Lorsqu'il pénétra dans les appartements privés de la vielle souveraine il s'aperçut que cette dernière était d'humeur plutôt joyeuse, ayant congrûment fêté, selon son habitude, la dive bouteille. Il songea aussitôt à tirer parti de ces heureuses dispositions, ne se doutant pas qu'Elisabeth elle-même allait lui faciliter singulièrement sa tâche.

— Excusez-moi, chevalier, fit-elle délibérément,

de pénétrer vos secrets, mais comme je veux surtout votre bonheur, vous ne m'en voudrez pas, j'en
suis sûre. Je sais que vous aimez celle qui, hier encore, était ma demoiselle d'honneur favorite, la toute
mignonne Nadège Stein. Cela prouve votre bon goût.

Le chevalier avait rougi.

— Votre Majesté ne se trompe pas, balbutia-t-il,
mais mon bonheur est mort : j'avais un rival puissant
avec lequel la lutte était inégale et il triomphe aujour-
d'hui, il triomphe lâchement.

Elisabeth le regarda bien en face.

— En êtes-vous bien sûr ? demanda-t-elle.

Le chevalier s'était redressé.

— Comment, si j'en suis sûr ! mais Betuscheff me
l'a dit lui-même, et, pour la soustraire à mon amour,
il n'a rien trouvé de mieux que d'envoyer mourir sa
victime au fond des steppes de la Sibérie.

Elisabeth, à pas de loup, se dirigea vers la porte
de son boudoir ; elle l'ouvrit sans bruit et plongea
son regard à droite et à gauche dans la demi-obscu-
rité des longs corridors ; s'étant assurée que tout était
désert, elle referma la porte et revint vers le chevalier que ce manège intriguait fort.

— Eh bien, c'est ce qui vous trompe, fit-elle, Betuscheff ne triomphe pas encore et il ne triomphera
que si vous le voulez.

— Si je le veux ?

— Oui ; la petite Nadège, est bien en effet sur la
route de Sibérie, mais elle est actuellement bien tranquillement installée dans l'unique auberge du village
d'Irkouslav, à vingt verstes d'ici, entourée de ses ra-

visseurs qui la gardent et qui, pour continuer leur route, doivent attendre mes ordres sous peine de mort.

Le chevalier ne put réprimer un cri de joie.

— Et il n'appartient qu'à vous, continua la souveraine, que ces ordres ne soient pas donnés.

— A moi?

— Oui.

— Et que dois-je faire, grand Dieu! pour cela.

— Oh! bien peu de chose... vous montrer à mon égard un peu moins cruel, voilà tout.

Une brusque lueur se fit dans le cerveau du chevalier et le stratagème de l'amoureuse tsarine lui apparut dans toute sa simplicité; pour l'amener à composition et pour satisfaire ses désirs d'autant plus surexcités qu'ils étaient constamment déçus, elle avait fait semblant d'approuver pleinement le plan de Betuscheff, mais devinant tout le parti qu'elle pouvait tirer de l'aventure, elle avait donné l'ordre secrètement, aux conducteurs de l'escorte de s'arrêter en route. Elle avait ainsi sous la main l'objet de l'amour du chevalier auquel elle ne le remettrait que contre le prix de... ses faveurs. C'était on le voit, fort bien joué, et d'une exécution simple et facile. Betuscheff avait eu une excellente idée.

Elle s'était rapprochée tout doucement du chevalier; son regard avait une expression lubrique impossible à rendre tandis qu'un rictus qui pouvait à la rigueur passer pour un sourire se dessinait sur ses lèvres minces.

Le pauvre d'Eon sentit un frisson lui passer le long du corps.

— En outre, continua l'Impératrice qui devenait de plus en plus pressante, après avoir longuement examiné les propositions du roi de France, j'ai l'intention bien arrêtée d'y souscrire, car elles me paraissent fort acceptables. Betuscheff avait trop bien plaidé contre elles jusqu'à ce jour. Quant au prince de Conti vous pourrez également lui dire que je suis toute disposée à lui donner le commandement de mes armées et l'investiture de la Courlande, selon son désir ; c'est un fort galant homme que je serais très heureuse d'avoir près de moi. Pour ce qui est de Betuscheff, ses manœuvres tortueuses commencent à me déplaire et j'ai fort envie de lui faire prendre la place de cette pauvre Nadège.

Tandis qu'elle parlait, le chevalier, oubliant ses terreurs, sentait une joie immense descendre en son âme.

Pour une minute le diplomate et le fidèle serviteur reprirent le dessus. C'était la réussite complète de sa mission que la tsarine lui annonçait là, c'était le succès, plus que le succès, le triomphe, un triomphe inespéré, invraisemblable, inouï. Tout y était jusques et y compris la vengeance et le châtiment de Betuscheff : son rival en Sibérie !... Il n'aurait jamais osé espérer cela.

Mais tout à coup il frémit à nouveau. A quel prix, hélas ! lui faudrait-il obtenir cette victoire !... En voilà une qui allait être chèrement payée. Celle de l'Insprütt n'était rien à côté, et c'était un rude assaut, le plus rude assurément de son existence accidentée qu'il subissait à cet instant... L'image de Nadège, éplorée, passa devant son regard trouble mais, au lieu de l'abattre, elle lui donna au contraire le courage indispensable pour le sacrifice. N'en était-elle pas le prix, elle, ainsi que la reconnaissance de son roi auquel il allait rendre un service sans précédent ?

— Allons, pensa-t-il, en se laissant glisser dans les bras de la vieille et trop ardente impératrice, pour le roi et pour la patrie !...

Puis il ferma les yeux.

Et l'image de Nadège disparut...

. . . .

Lorsqu'il s'arracha des bras de la sirène et qu'il descendit les degrés de l'escalier du palais, sa démarche était chancelante. Sa figure morne inspirait un profond abattement. Pauvre chevalier ! Qu'auraient dit les belles filles de Bourgogne, les soubrettes hospitalières, les belles et honestes dames aux cheveux poudrés et au pied mignon, de Versailles et d'ailleurs, si elles l'avaient vu dans un pareil accoutrement, après l'accomplissement d'un tel exploit ! Il lui semblait entendre leurs rires moqueurs et leurs malédictions ; qu'aurait dit surtout Nadège ? Cette pensée le fit frissonner et il hâta le pas. Dehors, l'air vif de la nuit lui cingla le visage et calma un peu son cerveau en ébullition.

Il se dirigea rapidement vers la demeure de lord Douglas auquel il avait hâte d'apprendre la bonne nouvelle. La réussite complète de sa mission chassa tout à fait les mauvais souvenirs de la nuit ; c'était là en effet un succès sans précédent.

Dans l'antichambre de l'hôtel, montant la garde,

il trouva Fanfan. Sa vue lui inspira un souvenir de leur courte captivité, un événement qui l'avait intrigué fort sur le moment et qu'il avait oublié depuis.

— Je te cherchais, Fanfan, fit-il ; dis-moi, peux-tu m'expliquer comment, par quel extraordinaire subterfuge tu as pu, l'autre jour, réussir à te débarrasser des liens dans lesquels ces chenapans nous avaient pourtant bien solidement ficelés ; je t'avoue que, pour ma part, ce tour de force m'a bien émerveillé.

Fanfan sourit.

— Oh ! rien de plus simple, mon lieutenant. J'ai été soldat, vous le savez, au service de M. Lally-Tollendal, avant d'être au vôtre, et c'est au cours de la dernière campagne au [Canada que j'ai appris le moyen de m'évader ainsi sans bruit et de me débarrasser de liens aussi solides qu'ils puissent être. C'est un système couramment employé par les Indiens du Canada et de l'Amérique du Nord.

— Et il consiste ?

— En ceci : lorsque l'adversaire victorieux vous enroule dans les mille replis de ses cordes redoutables, au lieu d'abandonner vos bras et vos jambes, vos bras surtout, et de les laisser appuyer le long du corps, d'une façon insensible vous faites en sorte de laisser un espace imperceptible, en raidissant vos membres sous la pression. C'est un effort, en somme facile, et qui n'exige pas une très grande force physique. Ce qu'il faut surtout, c'est que l'adversaire ne s'aperçoive pas de la ruse. Puis, lorsque vous vous trouvez seul, rien de plus facile que de profiter du jeu ménagé entre les bras et le corps et de retirer ceux-ci de leur prison. Ensuite, le reste va tout seul.

— Très ingénieux, en effet, fit le chevalier.

Comme on le voit, les frères Davenport qui firent courir tout Paris il y a quelques années et dont ce truc constituait l'un des principaux exercices acrobatiques, les frères Davenport n'ont rien inventé.

Lorsqu'on annonça le chevalier d'Eon à lord Douglas, celui-ci poussa un cri de joie, et se levant vivement, il s'avança au-devant de lui.

— Enfin ! voilà l'enfant prodigue revenu, et où étiez-vous donc, malheureux ?

— Oh ! pas bien loin... dans un coin de la forêt d'Irnew, ficelé comme un saucisson et gardé à vue par une douzaine d'estaffiers.

Lord Douglas, ahuri, posa un regard interrogateur sur son compagnon.

— Que voulez-vous dire ?

Le chevalier alors raconta son extraordinaire aventure de la nuit précédente.

Durant le récit, les sourcils de lord Douglas s'étaient froncés à diverses reprises.

— Tout d'abord, fit-il, quand le jeune homme eut terminé, je dois vous blâmer de vous lancer ainsi dans de pareilles aventures qui ne tendent rien moins qu'à compromettre irrémédiablement nos projets. Que voulez-vous que nous fassions maintenant ? Car si votre conduite a été imprudente, celle du chancelier Betuscheff n'en est pas moins criminelle et nous ne pouvons pas laisser passer ainsi un pareil attentat. Quoi qu'il puisse arriver, je ne vois pas trop comment nous pourrons nous sortir de là et je crois que

notre mission est bien compromise. D'Eon, le jupon
vous perdra.

— Il nous sauvera au contraire, cher ami, répliqua
le chevalier qui s'était contenté de sourire durant la
mercuriale de son mentor, tout en se gardant bien de
l'interrompre.

— Comment cela ?

D'Eon alors, dans son langage imagé, raconta par
le menu l'intrigue ourdie contre lui par Betuscheff
pour lui ravir Nadège et celle ourdie par l'impératrice
dans l'intérêt de d'Eon, ou pour prix de ses faveurs.

A cette partie du récit, lord Douglas qui prenait un
intérêt croissant au récit de cette tragi-comédie, interrompit le jeune homme :

— Et... ces faveurs, vous les lui avez accordées ?

D'Eon fit un geste empreint d'une désolation comique.

— Hélas ! il a bien fallu !...

Lord Douglas laissa éclater alors une bruyante envie
de rire qu'il contenait avec peine depuis un instant.

D'Eon fut vexé.

— Ah ! oui, vous pouvez rire, allez, mais si vous
aviez été à ma place, vous seriez moins gai...

— Elle est bien bonne... mais que voulez-vous,
mon pauvre ami, vous n'en mourrez pas : non seulement vous avez bien mérité de la patrie, mais encore
vous y gagnez la possession de l'objet de votre
amour. En somme, moi, je trouve plutôt le salaire
disproportionné d'avec la peine. Mais êtes-vous bien
sûr que tous nos desiderata seront accomplis ?

— Tous, mon cher Douglas, tous, jusque et y compris l'investiture de la Courlande pour notre cher prince de Conti. Nous avons satisfaction sur toute la ligne.

— Extraordinaire, stupéfiant, renversant... s'exclamait lord Douglas en se frottant les mains l'une contre l'autre.

Et, comme, en vieux diplomate s'il ne plaisantait pas sur la question d'injures ou d'outrages :

— Mais êtes-vous bien sûr que le châtiment de Betuscheff sera exécuté ?

— Absolument. L'Impératrice ne peut plus le sentir, et du moment que la politique de son rival Vorousoff, qui est en effet la nôtre, triomphe, Betuscheff doit savoir ce qui l'attend. Du reste, si le châtiment en question n'était pas exécuté, je saurais bien rappeler sa promesse à l'impératrice. N'ayez aucune crainte à ce sujet.

Lorsque d'Eon reprit le chemin de son domicile, il était tout à fait joyeux ; son cœur était trop plein du souvenir de Nadège, à cette minute pour que le remords y trouvât la plus petite place.

Mais le lendemain, au moment où il allait se rendre auprès de son amie, une autre surprise l'attendait.

Il s'était levé de bonne heure, ce matin-là et il était allé faire une promenade dans le jardin de son hôtel dont les arbres chargés de feuilles, étendaient leurs frondaisons touffues sur les allées. C'était le commencement d'un de ces exquis étés des pays du Nord, aussi doux que l'hiver est rigoureux. Les oiseaux piaillaient dans les buissons, mais leur chanson qui célébrait la vie, était moins triomphante que celle

qui chantait l'amour dans le cœur du chevalier.

Il faisait de superbes projets, maintenant. Il espérait bien, une fois revenu en France, une fois marié, il espérait bien pouvoir se débarrasser pour toujours de cet accoutrement féminin qu'il n'était pas loin, aujourd'hui, de considérer comme une livrée infâme. Qu'allait-il faire? il ne le savait pas encore; mais ce qu'il désirait, c'était renoncer aux honneurs et reprendre le métier des armes, le seul pour lequel il était fait. Son amour le possédait à un tel point qu'il avait mis en fuite toutes les idées de gloire ou d'ambition.

Il retournerait en Bourgogne, dans sa petite maison de Tonnerre, auprès de ses vieux parents, et là il abriterait ses amours dans la paix et le silence, au milieu d'un cadre de verdure et de fleurs; et s'il était séparé de sa femme par le hasard de la guerre, de temps en temps, eh bien, ce serait tant mieux, il reviendrait au logis plus aimant encore, son amour embelli par l'absence... Et il songeait au moulin joli dont il semblait entendre le tic-tac, semblable à celui que faisait quelquefois le cœur de Nadège, et il lui semblait aussi entendre la chanson du ruisseau où il s'égayait si souvent, étant enfant, barbotant, les jambes nues, dans l'eau limpide dont les gouttes s'égrenaient comme des perles sur la blancheur de la peau..,

Un soldat vint tout à coup interrompre sa rêverie; il était porteur d'un pli cacheté qu'un messager venait d'apporter pour le chevalier, la chevalière plutôt.

D'Eon tressaillit en remarquant qu'il était scellé aux armes de la maison des Strelitz. L'image de Sophie-Charlotte — l'oubliée, hélas! — passa devant son regard.

Il ouvrit précipitamment la lettre, et, tandis qu'il lisait, une pâleur extraordinaire se répandait sur son visage. C'était une lettre de Sophie-Charlotte, en effet.

Elle disait :

« Mon ami, j'ai une grande nouvelle à vous apprendre et ne voulant pas la confier à la poste, je vous la fais transmettre par un messager. Je suis fiancée avec l'héritier du trône d'Angleterre et le mariage, mariage politique auquel je ne puis me soustraire, sera célébré le mois prochain. Mais soyez sans crainte ; si mon corps appartient à un autre, mon cœur est à vous et je ne le donnerai pas à un étranger. C'est vous qui, le premier, m'avez fait connaître l'amour et jusqu'à ce jour, ma conscience, qui est mon seul juge, ne m'a pas reproché d'avoir obéi à sa voix impérieuse. Vous reverrai-je un jour? Je l'espère sans y croire. Soyez heureux, vous, du moins, mon ami. Je sais le chemin que vous avez parcouru avec ma meilleure amie, ma bien-aimée Nadège et cela m'est une grande consolation. Soyez heureux avec elle, et, en l'aimant, pensez quelquefois à votre pauvre Sophie-Charlotte »...

Une larme mouilla la paupière du chevalier et pour une minute, tout un renouveau, le parfum d'un exquis souvenir ancien emplit son cœur et l'image de Nadège disparut. Oh! pas pour longtemps... celle de Sophie-Charlotte lui était si semblable!... C'étaient bien là, en effet, les deux sœurs, les deux sœurs de dévouement et d'amour... Oh! pensait-il, pourquoi la

Nature implacable ne nous permet-elle donc pas
d'épurer et de dégager de tout lien terrestre et char-
nel un sentiment si délicieux?... Qu'il serait doux
pour moi de les confondre toutes deux en une imma-
térielle entité avec laquelle je vivrais perpétuellement
en une chaste communion d'âme, à l'abri des décep-
tions et des douleurs...

Ayant ainsi formulé, pour la première fois, une
pensée empreinte d'une très grande philosophie et
d'une profonde sagesse, notre héros retourna sur terre
et comme la montée de la vie ne l'avait pas encore suffisamment lassé pour qu'il pût s'agenouiller dans le
temple des sages, et qu'il était fait pour l'amour créateur et tout puissant, il obéit à la voix du Destin qui
l'appelait auprès de la seule Elue possible de son
cœur...

. . . .

L'été, un été russe attiédi et doux comme du velours, étend son manteau de soleil et d'or sur la
campagne moscovite qui sommeille, toute pleine des
chants d'amour d'oiseaux, comme engourdie par
l'arome pénétrant des grands sapins verts, contem-
platifs et mélancoliques comme l'âme du pays. Dans
une chambre du village d'Irkouslav, Nadège et son
ami déroulent à mi-voix eux aussi, la gamme d'un
interminable duo d'amour!

D'Eon lui a fait un doux et innocent mensonge. Il
le fallait bien... Après tout, qu'était-ce cela ? Un rien.
Est-ce que son amour n'était pas assez fort pour endormir le léger, oh ! combien léger remords ? Voici
qu'il se prenait à avoir des scrupules maintenant, lui,

le sabreur de cœurs... Et ces remords, ces scrupules exagérés ne lui causaient point de tristesse, au contraire ; ils le ravissaient, car ils étaient une preuve de la sûreté de sa tendresse et ils l'assuraient que son cœur, chemineau d'amour, n'avait point vieilli sous le harnais et qu'il conservait toujours ces illusions délicieuses qui sont toute la vie.

Ils sont accoudés tous deux sur le rebord d'une fenêtre entourée de glycines et de viornes sauvages qui leur forment un cadre de verdure fleurie et leur regard erre sans but sur les champs et les prairies d'alentour. Tout à coup une galopade retentit au loin comme un bruit de tonnerre et bientôt une troïka attelée de quatre vigoureux chevaux et encadrée par un peloton de cosaques, apparaît dans un nuage de poussière. Nadège et d'Eon regardent. Ce dernier a tressailli. Il vient de reconnaître son implacable ennemi Betuscheff qui s'en va vers le pays où, selon sa propre expression, l'on entre vivant et d'où l'on ne sort que dans un cercueil, lorsque l'âme est partie... Elisabeth a tenu sa promesse. Betuscheff aussi, a reconnu son rival et, malgré la rapidité de la course, il lui jette en passant un regard de haine auquel la chevalière Flamberge répond par cette dernière menace criée d'une voix vibrante.

—Betuscheff, souviens-toi... « au bon droit, vaincre ou mourir !... ».